「待てよ、伊万里、こういうのおれヤだって」
「どうして」
「どうしてもこうしても――――いっ……いた、いよ！」
（本文より）

SHY NOVELS

レイニー・シーズン

吾妻&伊万里

榎田尤利

イラスト 高橋 悠

CONTENTS

レイニー・シーズン
吾妻＆伊万里

和泉 鈴
SUZU IZUMI
総務部総務課所属
王子沢 恵
KEI OUJISAWA
食品部アジア地区販売促進課所属
吾妻太陽
TAIYOU AZUMA
食品部アジア地区統括管理課所属

伊万里敦彦
ATSUHIKO IMARI
システム営業部営業一課所属
河川敷紀和子
KIWAKO KASENJIKI
人事部人事課所属
Characters File:AZUMA&IMARI

1

以前、本で読んだんだけどさ。

人間っていうのは、ある程度他人と身体距離を置かないと、すごいストレスを感じてしまうんだそうだ。動物と一緒で、なわばり意識がちゃんとあるんだって。

だから、そのなわばりを侵害されると不快になる。しょせんは人間だって動物なんだもんな。

恋人でもない他人がべたっ、と貼りついていたら、うっとおしいに決まってる。

「むぎゅう……」

だけど、悲しいかな東京で通勤している限りは、そのストレスの最たるものである通勤ラッシュ地獄に身を晒《さら》さないわけにはいかないのだ。

「吾妻《あづま》、大丈夫か」

全然、だいじょぶでない〜。ああ、口からモツが出そうだ。押すな。押すなっつーのオッサン、その肘！　ひじひじ！

マジで、壊れる……これって人間破壊電車だ……。

でっぷりした中年サラリーマンの肘に圧迫され、おれの身体は斜めになってしまっている。

それを掘り出すように、伊万里《いまり》がグイと引っ張り上げ、沈みかけていたおれを腕に収めた。こういう時いいよなぁ、背の高い奴って。おれなんか平均下回ってるから、どんどん人に埋もれていって、薄い酸素しか吸えないんだぜ。

「はふっ。うわ、伊万里、おれ足が浮いてる……」

「ほら、もっとぴったりくっついて、僕の脚の間に来い」

ううう、電車の中でなんで空中浮遊しなきゃならんのだ。あ、伊万里の靴だ。すまん、高級革靴を踏んじまったよ。すきますきま……あった。ここが、おれのスペースね。んしょ。

「た、立てた」

「ああ。しっかり僕にしがみついてたほうがいいぞ」

「うん」

伊万里ン家に泊まると、翌朝のこれがしんどいんだよ。

おれのアパートから使う地下鉄はここまでは混まない。昨日もそれを考えて、遅くなってもいいから自分のアパートに帰ろうと思ったんだけど――帰してもらえなかったというか、離してもらえなかったというか。

ん？

なんだなんだ。伊万里、なによその手の位置は？

「い、伊万里……」

「吾妻《あづま》のところの定例会議は月曜午前だったよな？」

おいおい。なにしゃあしゃあと仕事の話始めてんだよ。あっ。んっ。コラッ。

「そっ……そう、だけど」

「あの新人、もう会議出てるのか？」

「え……新人って、時任《ときとう》？　先週から出てるよ。それより、あの、」

「妙に吾妻に懐《なつ》いているな、あの新人」

「あ、明るくて素直で、いい奴だよ――――それよか、あの、伊万里……」

「うん？　どうしたんだ吾妻。顔が赤い」

このヤロー……。

伊万里の右手が、スラックスの上からサワサワと、おれの尻を撫でている。

なんつー淫靡《いんび》な動き方をするかね、この手は。あっ。揉むな！　ムニュってすんな！

抱き締められてる姿勢のまま、顔を見上げて睨んでやったが、平然と視線を返しやがった。

「吾妻、後ろの髪の毛跳ねたままだぞ。言えば僕のヘアワックス貸してやったのに」

「か、髪になんかつけんのキライなんだよっ」

「ならブローして、ちゃんと直せばいい」

「そのぶん一分でも寝たいの、おれは」

「そんな眠くなるまで……夜更《よふ》かしするから悪いんだろう？」

きちんと前髪を上げて、端正な額を露《あら》わにしている伊万里が、口端だけで笑った。

あのなあのなあのなー。

おれをなかなか寝かせてくれなかったのは、どこのどいつだよ。おまえがおれをしつこくねちっこく、それこそ煎餅《せんべい》屋が煎餅焼くみたいに何度もひっくり返して、おれはそのうち醤油《しょうゆ》を塗られるんじゃないかと、あ、う、だからっ、揉むなっての伊万里！

さっきよりもっと、力を込めて睨む。

「…てめ、いいかげんに……」

言いかけたところで、線路のカーブに沿って、電車が傾いた。

その動きを巧みに利用して、伊万里の指先が尻の谷間にぎゅっ、と食い込む。

そ、そこはマズイ。やばい。まだ昨晩の刺激を覚えて鈍く疼《うず》いている部分を刺激されると、下半身の血がイヤでもざわついてしまう。

「………っ」

クンッと、指の圧《あつ》が強くなる。

思わず声を立てそうになり、おれは息を詰めた。

内壁の入り口に与えられる、甘くて少し苦しい感覚を、理性を総動員してなんとか遣り過ごす。

うわ、鳥肌、立つなッ。

伊万里が体勢を直すふりをして顔を近づけ、耳元で囁いた。

「そんな顔されたら、もっといじめたくなる」

乗務員さぁぁぁん。

痴漢《ちかん》ですぅ、痴漢がいますよぉ。ちくしょー。

ったく、勘弁しろっつーの。昨日だって、さんざんいじめただろうがっ。

そりゃ、ちっとサディスティック入ってる伊万里のセックスに慣らされて、おれだってよがりまくりました。はい、その点否定しません。吾妻太陽《たいよう》二十四歳、男らしくスンゲーよかった、と言いましょう。それはそれとしてだね、こういう公衆の面前でそういうことするのは、マジ、まずいでしょうが。誰かが気がついたらどうすんだよおまえ。

あ、あれか?

そういうスリリングなところがいいのか？　そうか。そうなのか。

さすがだ伊万里。バリバリのエリートのくせに、立派な変態《へんたい》だ。変態でも別にかまわんが、おれにはおれの許容範囲っつーもんがあんのよね。

「つッ！」

ファッション誌のグラビアだって飾れそうな、硬質な雰囲気のハンサム顔が歪む。

「おー。悪い。足踏んじまったかぁ？」

「吾妻……」

童顔なりの緊張感を込めて、キッと見据《みす》えて宣言した。

「あのな。おれはそういうのキライだかんな、伊万里」

「――悪かった」

叱られたドーベルマンの風情で、伊万里が大人しくなる。大きな手は悪戯《いたずら》をやめて、その代わりにおれを人混みから守るように優しく抱え直した。

安堵して、ホッと息をつく。伊万里の匂いがする。

隣のオヤジのニンニク臭さから逃れるように、体重をかけて伊万里にピトッとくっつく。殺人的に混んでいる車内では、みんな自分を守るかのように五感を鈍くしているので、誰もおれたちを気にしちゃいないようだ。もっともハンサム鉄仮面の伊万里が、婦女子のみなさんからは死角の位置にいるからかもしれない。

伊万里の手がそっとおれの背中を撫でた。慈しむような動きだった。

うん……悪い奴じゃないんだ。

頭は嫌みなくらい切れるし、仕事は人の倍も熟《こな》すし、スタイルよくてハンサムで。

本当にこんな見栄えのいい男がホモだってのは、種の存続的には勿体ない話なのかも。それに、おれに対してはすごく優しい。すごくスケベでもあるが。

けど人付き合いは下手だよなぁ。場の空気が読めないっていうのかな。もう一年以上一緒にいるおれとだって、たまに噛み合わないもんな。そう、さっきみたいにさ。本気で嫌がってるの読みとれないのかね？

まあ、別の育ち方した他人同士なんだから、そう簡単にツーカーな仲になれるはずもないし、焦るつもりはないんだけど。

電車がターミナル駅について、怒濤《どとう》のごとく乗客が流れ出た。

もろともに攫《さら》われそうになったおれを、またしても伊万里がしっかと抱えて救ってくれる。そこから更に駅ふたつ進むと、おれと伊万里が勤める総合商社ナノ・ジャパン東京本社の最寄り駅に到着するのだ。

社屋までは十五分程度の徒歩だ。

初夏のいい陽気だから、歩くのは苦にならない。まだ始業には余裕もあるし、少し遠回りになる道を選んだ。会社の人間はほとんど使っていないコースだから、話の内容に気を遣わなくてもすむ。

そうなのだ。

おれと伊万里は嬉し恥ずかしオフィスラブなのである。うわ、口カユっ。

でも本当なのよ。去年同期として入社し、まあ紆余《うよ》曲折——この言葉便利だな——あって、身体の関係になって半年。半年か……そうか……。

なんかねー、セックスって奥が深いんだなぁ、って実感するよホント。伊万里の熱心すぎる指導の賜《たまもの》で、おれの身体は以前とは違っちゃってるもんなぁ。

「どうして僕は吾妻をいじめたくなるんだろう」

長いコンパスで威風堂々と歩きながら伊万里がぼそりと言う。大まじめな顔で、考えていることはそれかいアンタ……。朝の慌ただしい中でも、すれ違う女子のみなさんがおまえに視線を奪われているっつーのに。

「そんなこた、こっちが聞きたいよ」

「……おまえの困ってる顔って……すごく可愛いんだ。目元と耳が、薔薇色に染まって……」

「バ、バライロ……？」

「おまえにも責任がある。あんな可愛い顔、一度見たら、また見たくなるに決まってる」

「あにょな〜。そういうの責任転嫁って言うんだ！」

おれは伊万里よりずっと背が低いので、回転を早くしないと歩く速度が一緒にならない。チャカチャカ歩いてると、なんかゼンマイ仕掛けの人形みたいだ。

「あとは、いじめて確認したいのかもしれない」

またまた。なに言いだすんだか。

「確認ってなんだよ」

「吾妻が僕のモノだって……」

「おれはモノじゃねっつの！」

「いや、そういう意味じゃなくて、」

また理屈をこねようとしている伊万里の顔を見た時、後ろから近づく別の人物が目に入った。

「ストップ、伊万里。時任《ときとう》が来る」

さりげなく伊万里を制しながら、おれは時任に向かって軽く手を挙げた。

それを見た時任が飼い主を見つけた犬さながら、弾むように駆け寄ってくる。おお、さすがルーキーは足取りが軽いねぇ。

サラサラと揺れる髪の毛はダークブラウン。おれは地毛がけっこう茶色っぽくてブリーチしてるって誤解されがちなんだよ。でも時任のはおれより濃くて自然な色味だ。染めてるのかどうかは聞いてないけど、そういうことするタイプじゃないかもな。

「吾妻先輩、伊万里さん、おはようございます！」

「おー。オハヨー」

うーん、元気いいなぁ。

自分が入社した頃を思い出すよ。挨拶だけは頑張ったもんな、おれ。

潑剌《はつらつ》とした時任とは対照的に、伊万里は軽く頷く程度の挨拶しか返さない。そんな仏頂面しちゃって……はいはい、ふたりで歩いていたかったのね。わかってますよ。けど、来ちゃったもんはしょうがないでしょ。ラブラブなおれたちはほっといてね、なんて言えるわけないんだからさ。

「おじゃまします！　おふたりは、いつも仲がいいですね」

「んー。同期だしさ」

これって理由になんないんだけどな、他にもいっぱい同期はいるんだから。でも便利なのでいつも使っちゃうのよ。三人で並んで歩きながら、時任はそうですよね、同期は大切にしなくちゃ、などと頷いている。おれは伊万里と時任に挟まれて、谷間だ。時任は伊万里よりは低い。普通くらい？　つまりおれがチビなんだよ。牛乳好きなガキだったんだけどなー。

「時任は、誰と仲いいんだっけ？」

「特別にはいないんですよ。だから吾妻先輩と伊万里さん見てるとうらやましくて」

そういえば、時任が決まった奴とつるんでる場面って見ないな。配属されてからは、昼飯もおれと食ってるし。

「伊万里さん、シス営はこの時期、忙しいんですか」

「いつでも忙しい」

実に短い返事。無愛想大王様だ。しかし時任はめげずに続ける。

「伊万里さんって、去年のトップ入社だったんですよね」

「……………」

おいおい、なんか言えよ。

「そうそう。こいつが入社試験も身長もトップ。んで、おれが両方ケツ」

「またまたぁ、吾妻さんは」

「ホントだぜ。おれなんかパソコンでメールひとつ出来なかったし。研修の時に伊万里が専属コーチしてくれたくらいだ」

「あ、吾妻さんマシン系弱いんですか？」

「弱いぜ～。今だってしょっちゅう王子沢《おうじさわ》にヘルプしてもらうもん」

王子沢、という単語に伊万里の眉がピク、と反応する。

「吾妻。わからないことがあったら内線でもしてくれれば」

「だっておまえおれよか忙しいじゃん。そんなんでいちいち呼びつけられないよ」

「――それは、そうだが」

「伊万里さん、出張も多いですもんね」

そうそう。時任の言う通りなのだ。いない奴に助けを求めてもむなしい。

「あ。そういや、時任は今年のトップ入社だったんだよな？」

「ええまあ。一応」

気恥ずかしそうに俯《うつむ》く。うむ、ピュアでいい奴だなぁ。リアクションもわかりやすいし。伊万里とは大違いだ。ま、最近は伊万里のリアクションも読み慣れてはきたんだけどね。

「なんだおれ、トップに挟まれてんのか！　圧迫感あるなァ」

「トップって言っても。おれらの代はどんぐりの背比べですよ。それに、おれの目標は吾妻先輩ですから！」

「へっ？　そらおまえ、ハードル低すぎだって〜。おれなんか、一年仕事してても、まだまだわかんないことだらけだぜ、アハハハハ」

「いえ、だけど、取引先からすごく評判いいって聞いてます。それに、他部署でも、顔売れてるじゃないですか」

「そら、課長の使いっ走りしてっからだよ。んっとに、人使い荒くてさ。請求しにくい資料とかでも取りに行かされっから参るぜ。こないだも繊維本部にすげー昔のデータ探してもらうんで苦労したよ。なーんか、文句言われ要員って感じよ、おれ」

「そうじゃない」

艶《つや》のあるテノールで、伊万里が口を挟んできた。

「文句言われ要員なんかじゃない。吾妻は――他人の気持ちを和《なご》ませるなにかを持っているんだ。ただ元気がいいだけならうるさいが、おまえは違う。いつでも先方の立場や事情を思いやっている。みんなが忙しいのを承知で、頭を下げている。だからこそ相手も、文句を言いながらも、無理を圧《お》して頼みごとを聞いてくれる。普通なら上司を通せというような場合でも、吾妻が頼めばやってくれる。おまえのところの工藤《くどう》課長は、ちゃんとそれを知っているんだ」

姿勢良く歩き続けるまま、ちょっとした演説みたいにそう言った。

表情はクールに保ったままなんだけど、その口調は揺るぎない主張って感じで、おれとしてはアセっちまう……贔屓目《ひいき》バリバリだもん。

会社では、滅多にこんな長文トークはしない伊万里なので、時任は驚いた顔だ。

「そ、そりゃ、持ち上げすぎだよ伊万里。おれ、そんなん考えてないしさ」

「無意識だからすごいんだ」

あらら、一言で却下されちった。ま、議論でおまえに敵うとは思ってないけど。

でも、なんか、こう。ううう。つまりさ。照れくさいのよ、そんな誉められちまうと～。しかも後輩の前でさぁ。すまん、時任、伊万里ってばおれにラブじゃけん――

ああ、口開けちゃって。だよねぇ。呆れるよねぇ。

「そう、そうですよねっ」

え？

「おれも、吾妻先輩のそういうとこ、スゴイなーっていつも思っていたんです。うん、うまく説明は出来なかったんだけど、今の伊万里さんの話を聞いて、自分でも納得がいきました。やっぱり、すごいんですよ吾妻先輩は！」

「ハ……ハハハ」

とりあえず、笑っておいた。

本当は勘弁して欲しいんだよ。だって時任はおれより英語も達者だし、パソコンも強いし、会社に慣れさえすれば、おれと同じだけ仕事がこなせるようになるのなんかすぐなんだよ。そのうち、おれがたいした奴じゃないって気がつく日がくるんだ。会社での一年違いなんて、たいして意味ないんだもん。学校とは違うのよ、そのへん。

「でも、やっぱり伊万里さん、吾妻さんのことよくわかってるんですねェ。いいなぁ、おれもそういう友達欲しいです」

「会社は友達を作るところじゃない」

ぴしゃり、と伊万里が言う。

視線は相変わらず真っ直ぐ前。言われた時任は息を呑んで、言葉が出ない。

「いいじゃん、友達作っても」

代わりにおれが口を尖《とが》らせて突っかかった。

「結果的に友人関係になるのは一向にかまわないが、目的としてははなはだ見当違いだと僕は言っているんだ」

伊万里がちらりとおれを見た。こっちはすでに伊万里に顔を向けているのでカツン、と視線がぶつかる。

「そんなことくらい時任だってわかってら。なぁ」

「え、あの、おれは……」

「会社にだって、楽しいことあっていいじゃん」

「あってもいいが、なくても行かなくちゃならないのが会社じゃないのか」

「伊万里さぁ。そんな考え方で、人生つまんなくねーの？」

「あ、吾妻先輩……」

時任が困惑顔でおれたちを見ていた。

もはや空気は険悪で、仲が良いですねどころじゃない。

まあ、おれたちの場合、意見の食い違いはわりと日常的だ。たとえ恋人同士になったって、こういう小競《こぜ》り合いは避けられない。

だって、やっぱり考え方は違う他人同士だしさ。そんなもんだと諦めて遣《や》り過ごすのは、おれの性分には合わないし。

でも、電車での悪戯の件といい、今日は特にしっくりこないみたいだ。

「期待して得られずに落胆するよりは、現実を見たほうがましだ」

ほら、出た。

時々伊万里ってこうなんだよ。言ってることは、間違っちゃいないのかもしれない。そういう考え方も、あるんだろう。でもおれは、ダメ。なんか好きじゃない。あらかじめ、防波堤を高く高く築いてるみたいなのって——さみしいじゃんか。

会社入ってさぁ。おれと知り合って、その、両想いになって。

なのにどうして伊万里の考え方って、こうも頑《かたく》なままなんだろ。自分だって会社でまんまと恋人をせしめたのに、なんで時任が友達を作りたいっていう気持ちを理解してやれないんだ？

「ケ、ケンカしないでください。すみません、おれが変な話をしたから……」

「時任のせいじゃないよ」

おれはそう返事をしたが、伊万里は黙ったままだ。んもー、フォローしろよ。おれにはしなくてもいいけどさ、時任が可哀想じゃんかー。

もう会社がそこに見えている。

後は三人とも、押し黙ったままで野辺の送りみたいに歩いた。

ふー。なんだか、朝っぱらから重たくなっちまったじゃないか。伊万里のイコジめ。


「吾妻、これコピー二十部な、等倍ハーフトーンで」

「吾妻、月報どうなってる?」

「吾妻ァ、バンコクからファックスきてるぞー。至急だってよ」

「吾妻さーん、プリンタが詰まっちゃった!」

「吾妻くん、C伝票締め切るわよー」

うわ、うわ、うわ~。

そんな一斉に言われても、聖徳太子《しょうとくたいし》じゃないんだからさ! なんだっていうんだ、今日のこの忙しさは! おれはコピーの原稿を抱え、月報予測を打ち出しながら、ファックスの返事を書いて流し、その足でプリンタの紙詰まりと格闘して、伝票を引き出しからかき集め総計を電卓で計算して庶務《しょむ》担当の宮益《みやます》さんに渡し、そしてコピーを二十部取る。

つ。疲れた。

ゼロックスのカバーから漏れる光に、目がチカチカする。

「あああっ、いけねっ、ハーフトーン！」

設定間違えちゃったよ、もう〜。中止中止！

「あっ、づっ、まっ、くーん。忙しそうだねぇ〜。一部一部。割り込ませて〜」

人が走り回ってるってのに、この脳天気な声……こんなヤツは、王子沢しかいない。

「やなこった。設定変更しちまったもん」

「んだよ、けちぃ」

王子沢が口を尖らせる。子供みたいな反応だよなぁ。

しょーがねーから待つ、とぼやいてキャビネットに寄りかかった。そのスラリとした立ち姿は、昔バレエをやっていただけあって、すごく均整がとれていて見栄《みば》えがする。

王子沢恵《けい》。

別名、王子様。そんなニックネームを女子社員たちに囁かれてしまうくらいだから、顔のほうもなかなかのビジュアル系。ソフトなハンサムで、愛嬌《あいきょう》もある。

なんつーか、同じ美形でも、伊万里とは対極の位置にいる存在だな。

その王子沢が手にしているのは……

「おまえ、なにそれ。グルメ雑誌じゃねーか」

「ん？　そォ。和泉《いずみ》チャンに借りてんだよ。ちょっと、デートによさそうな店があったんでな、コピーしとこうかな、なんて。ムハハ」

ムハハじゃねーっての……なんか、脱力しちゃうよおれ。

「王子沢……人がこんだけ忙しいってぇのにテメェ……」

「だぁから、おれは言ってんだろー、いつも。仕事は七割の力でしまショって」

「おれは不器用だかんな、そんなにうまく力配分出来ないのっ」

そういうとこが吾妻クンの可愛いとこよねー、などとほざきやがる。

「けどさ、おまえそんな忙しいんなら、時任に仕事ふれよ。あいつだってデータの打ち出しやコピー取りくらい出来るだろうがよ」

「さっき頼もうとしたら、席にいなかったんだよ」

「どこ行ったんだよ」

「百貨店にマーケに行ったらしい」

「なんだそりゃ。そんなん今日でなくてもいいじゃねーの」

フンッ、と王子沢が面白くなさそうに鼻を鳴らした。

おれは薄々勘づいている。王子沢は時任を好いてはいないようだ。

確かに時任はあんまり周りの状況を見ないで自分のスケジュールを組む傾向がある。だけど、おれだって入社してすぐは、周りがどんな状況なのか全然わかんなかったもんな。時間が経てば時任もわかってくれると期待している。あいつ、頭いいし。

「ちゃんと教育してんのかぁ、吾妻先輩」

「時任はトップ入社だぜ。そうそう教えることはないって」

「まー、お勉強はよくお出来になるみたいだけどな」

「教えた仕事は一生懸命やるし、素直だぞあいつ」

「素直ねェ………」

どうだか、と小さく言うのが聞こえたが、おれはあえて聞かないふりをした。コピーが終わって王子沢に場所を譲ったと同時に、また課長の濁声《だみごえ》がおれを呼ぶ。

「ハイ！　今行くっス！」

人気者は辛いねぇ、と笑う王子沢をちょっと睨んで、おれはまた走り出したのだった。


雑用を片づけ、やっとデスクでルーチンを始めたのが十時半くらい。最近よくフリーズするパソコンと悪戦苦闘して、ふと時計を見ればとっくに昼をまわっていた。

隣の席にいたはずの王子沢はとっくに食事に行ってしまったようだ。ちぇ。今日は時任がいないから、久しぶりに一緒に食べようと思ってたのにな。一声かけてくれたって、いいじゃんか。

ひとりトボトボと社食に行くと、王子沢の姿が見えた。A定食を食べているその隣には、同期の和泉鈴《すず》さんが座っている。

あんのヤロー。最近嬉しげにランチに行くと思ったら、和泉さんと食べるようになったのか。ま、同期で一番人気だからな……そりゃ、おれなんかと食うより楽しいランチタイムになるだろーよ。くすん。なんかのけ者みたいでさみしい。

ふと和泉さんと視線が合った。

おれに向かって、手を振ってくれる。わーい。

「かわいいなぁ……」

「そうですね」

「うわっ」

ひとりごとに返事をされて、驚いてしまった。

「あの前髪のパッチン留めが実にお似合いですね、和泉さんは」

「か、河川敷《かせんじき》さん――」

「失礼。驚かせてしまったでしょうか」

驚かされてしまいました。相変わらずの気配のなさは伊賀《いが》忍者の末裔《まつえい》みたいだ。いや別に甲賀《こうが》でもいいんだけど。社食の列に並ぶおれの、真後ろにいたのにまったく気がつかなかったよ。

「あれ。今から食事ですか。わりと遅いんですね」

「社長のおつきあいをしていたら、こんな時間になってしまいました」

「社長と？　なにしてたんですか？」

「パソコンをお教えしていました。お孫さんとメール交換をしたいと仰《おっしゃ》るので」

「あ、社長ってパソコン使えないんだ……でも、なんで河川敷さんが？　秘書室の人なら、誰でもお手のモンでしょ、パソコン」

河川敷紀和子《きわこ》さんは、人事課の所属だ。おれより、えーと、八つくらい年上なのかな。知的な眼鏡がトレードマークの社内有名人である。

「秘書室のみなさんでは、手に負えないようです」

「は？」

「社長はいちいち気になさるのです。なぜこんな機械のハコで手紙のやりとりが可能なのかが納得出来ず、その原理の説明を求められる。なにしろ今でもそろばんを愛用されてる方です。みなさんお忙しいですから、つきあってはいられないのでしょう。わたくしにしても、そんな説明は面倒なのですが」

「でも、するんでしょう、説明」

「致しました」

ごく落ち着いた声で、河川敷さんが頷く。おれたちはそれぞれのトレイを手に、空いている席を探した。河川敷さんが歩くと、周りの誰もがさりげなく道を空ける。まだ混んでいて、空いている席はかなり奥しかないいなぁと思っていたら
「河川敷さん、ここどうぞ、私たちもう終わりましたから」

と女子社員の一団が譲ってくれた。

「ありがとうございます」

丁寧に頭を下げて、河川敷さんが腰掛けた。女子社員たちも——五人くらいかな、いっせいに会釈《えしゃく》をして「失礼します、ごゆっくり」と去っていく。ううーん、キワ様ファンクラブの人たちかなぁ。すごく人気あるんだよね、女の人に。去年の社内セクハラ糾弾《きゅうだん》事件の時も、影の主役だもんな。公《おおやけ》には解決したのは人事部長ってことになっているけど、河川敷さんの仕切りだったらしいって噂はきっちり広まっている。

切れまくる頭脳と、何事にも動じない態度。アンド、超マイペースの女傑《じょけつ》。

「今の、知ってる人たちですか?」

「いいえ。個人的には存じ上げません。お顔と名前は一致しますが」

「？　なんで知らない人なのに顔と名前はわかるんです？」

「わたくしは人事課で事務処理を致しておりますから」

もしかして――全社員の顔と名前が一致したり……？　だってこのビルだけで三百人はいるんだぞ。いやいやでも、河川敷さんなら、あり得る。この人にとっては、楽勝なのかも。信じられない記憶力だよなぁ……

「じゃ、うちの時任も当然知ってますよね。トップ入社の」

「ああ。時任さんはトップ入社でしたか。そういえば、そんなような。どうでもいいことは、わりと忘れてしまうようです」

「へ？　どうでもいいことって」

「ええ。入社試験の成績など、入ってしまえば関係ないですから」

さらりと言われてしまった。おれなんかがこのセリフ言うとただの負け惜しみなんだけど、河川敷さんが言うとカッコイイよな～。

「ですが、コピーの割り込みはいただけませんね」

串カツに、ざぶざぶとソースをかけながら河川敷さんが言う。

「はい？」

「時任さんです。先日、和泉さんが印刷室のコピー機を使っていらした時に――」

「割り込んだんですか、あいつ？」

「ええ。わたくしは隣のシュレッダーのところにいたのですが。和泉さんが総務資料を大量コピーなさっていてですね」

そこへ時任がやって来たのだそうだ。そしてなかなか終わらない和泉さんのコピーを見て
『えー、まだそんなにあるんですかぁー。じゃ、おれの原稿一枚三十部だけなんで、ちょっとやっといてもらえませんかねー、もー、忙しくてコピー取ってるヒマなんかないんですよー。終わったら、そこ置いといてください。あとで取りに来るんでー』

そう原稿を押しつけ、消えてしまったのだと言う。

おれはあんぐりと口を開けてしまった。

「ま……マジ、じゃなくて本当ですか、それ……」

「本当です。見ておりましたから。当然和泉さんは拒否なさると思ったのですが、むしろ呆気にとられてしまったようでしたね。時任さんの逃げ足もお見事でしたし」

「す、す、す、すんませんッ」

ガバッと頭を下げたおれに、吾妻さんが謝る必要はないでしょう、と河川敷さんは言った。

「まあ先輩として謝罪なさるのだとしたら、わたくしではなく和泉さんにですね。もっとも、和泉さんもその場ですぐに拒否すべきでした。もしくは追いかけて突っ返すなど」

いや、和泉さん、きっと呆れちゃってそんな気力もなかったんだと思う……。フッー、他部署の新人にコピー頼まれないもん……。

いったいどういうつもりでそんなことしたんだよ時任。

そのへんの常識って、常識だけにおれもいちいち教えてなかったもんなぁ。だってさ、自分の仕事は自分でやる、なんて、常識以前でしょ。

ん。待てよ。

もしかして、時任にはコピー取りなんて自分の仕事じゃなかったのか？

「どんな小さな仕事であれ、責任を持って果たすべきです」

か、河川敷さんがテレパシーを使ったッ。いや、単におれの考えていることは顔に出やすいだけなのか。

「そう、ですよね。どうしてそんな……あっ、実は腹が痛かったとか……でもそしたら原稿持ってトイレ行けばいいのか……ううん、時任、いい奴なんですけど」

「吾妻さん、冷めますよご飯」

「あっ、はい」

ふと見れば、おれのトレイはほとんど減っていないのに、河川敷さんのランチは半分くらいなくなっている。食べるのが早いんだ。

王子沢みたいにガツガツした食べっぷりなら早いのもわかるんだけど、河川敷さんは普通に食べているのに……あ。

「河川敷さん、あんまり噛まないでしょう」

「……ばれましたか」

少しだけ、笑った。目尻に浅い皺《しわ》が出来て、印象が柔らかくなる。この人も伊万里と同じで、滅多に笑わないんだよね。

ちょっと、聞いてみたくなる。

「あのー。河川敷さん。会社、楽しいですか？」

「はい。楽しいです」

「会社入って、友達出来ましたか？」

「そもそも会社とは、友達を作るための場ではありません」

「あ――。伊万里にも、そう言われたんですけどね」

やっぱ、いわゆるエリートって人たちの思考回路は一緒なんかなぁ。とかちょっと悲しくタクアンを囓《かじ》るおれ。ぱりん。

「が、友達が出来るという現象は、場所を選ぶものではないというのも事実です。街でも、学校でも、病院でも、戦場でもトイレでも、友達が出来る時には出来ます」

……トイレでは出来にくいような気もするんだけどなぁ。

「ですから、最初からどこで友達を作るか、などという考え自体、意味のないことです」

ああそっか。そらそーだわ、確かに。

「そうですよね。考えて作るもんじゃないし、ダチなんて」

「その通りです」

ん、よかった。なんかちょっとスッキリしたぞ。今度伊万里に会ったらこの話してやろうっと。

あいつももうちょっと力抜いたとこがあれば、おれ以外にも友達出来るだろうし——友達以上になられると、困るんだけど。

「ところで河川敷さん、社長にどうやってパソコン教えたんですか。おれ原理なんか全然わかんないけど、ええと、デジタル信号の話とかしたんですか?」

「真逆《まさか》。そこから話を始めたら一億年かかってしまいますよ」

なんとタクアンにも醤油《しょうゆ》をかけながらそう答えた。河川敷さん、それは塩分摂りすぎだし辛いんじゃ……もしかして味に頓着《とんちゃく》のない人なんだろうか。

「じゃあどうやって納得させたんですか」

「小人です」

「はい?」

「パソコンには見えない小人がたくさん入っていて、いろいろと仕事をしているのだと、ご説明致しました。その小人が、メールを全速力で運んでいるのだと申し上げました」

「し――社長、怒りませんでしたか……？」

「いいえ」

特に手を入れていなくても細い眉を、河川敷さんは僅かに上げた。

「つまりわしのレベルはそんなところなのだなと、呟かれましたので、ご明察です、とお答えしておきました」

ぷ。

おれはつい笑ってしまう。

河川敷さんは特に表情を変えないまま、すっかり茶色くなったタクアンを小さな口に入れ、すぐに飲み込んでしまった。


午後になって時任が戻ってきた。おれは空いている接客ブースに引っ張り込み、河川敷さんに聞いたコピーの件について問いただす。

本当に和泉さんにそんなことをさせたんだとしたら、ちょっと注意しなきゃならない。

「え。吾妻先輩、誰からそんな話聞いたんですか」

「誰でもいいだろ」

「気になりますよぉ。秘密、なんですか」

「そういうわけじゃない。その時、隣でシュレッダーかけてた人いただろ」

「いたかなぁ？　女の子でしょ？　事務の人の顔はおれ覚えてないですから……」

ちょっと待て？

なんだその事務の人、っていうの？

「人事の、河川敷さんだよ。知らないか？」

「アア。噂は聞いてますけど。すごい優秀だって話ですよね――でもおれにはただの地味な人にしか見えなかったなぁ。その時も、いたのに気がつかなかったくらいですから」

優秀と地味は関係ないだろーが……と口にしかけたところで、時任がペコリと頭を下げた。

「すみません、吾妻先輩。そうですよね、他部署の人に頼んだのはまずかったですよね。うちの女の子が周りにいなかったもんで」

うちの女の子？

食品部の女性社員って意味か？

「でも本当に急いでたんですよ、その時。コピーは課長に頼まれたんですけど、部長にその後すぐ呼ばれちゃって」

「なら、コピーを後で取ればいいだろ」

「あ、そうか。でも、その総務の女の子がたくさんやってたから、ついでで三十部増えたところでたいして変わらないかなって、思っちゃったんです。すみませんでした。これからは気をつけます」

なんか論点が、ズレているような……まあ、おいおい話すか。

「気をつけろよ、ホントに」

「はい！」

爽やかな笑顔で答えられてしまった。

「それから、その女の子って言い方もやめろよ？」

「えっ？　あ、はい、わかりました。すみませんでした」

素直は素直なんだけどな――でも一瞬、間があったよなぁ。自分より先輩を捕まえて「女の子」はないよな。いや、今後後輩が入ってきたとしてもそういう表現はよくないよ。

研修課の江藤《えとう》さんが聞いたら、回し蹴りが飛んでくると思う。

「吾妻さん、三時からおれたち外出でしたよね？」

「ああ。ホーセンな。うちと比べたら規模の小さい会社だけど、社長にはすごくお世話になってるから、しっかり挨拶してくれ。今後の細かい連絡なんかは、時任の担当になるから」

「はい。頑張ります。じゃ、おれちょっとホーセンの資料をもう一度よく読んでおきますから」

「うん」

株式会社ホーセンは、社長の豊泉《ほうせん》氏が一代で興《おこ》した貿易業の会社だ。食品部と直接大きな取引はないんだけど、タイ政府に社長個人のコネで顔が利《き》く。穀物買付の時に間に立ってもらった経緯《いきさつ》もあって、今でもちょっとした問題が起きると、豊泉社長に相談をもちかけるケースが多い。幸いおれは可愛がってもらってるんだ。

そういえば、前回の電話では新しい社長秘書が入ったとか言ってたなァ。今までの秘書さんは五十くらいの女性で、すごく感じのいい人で好きだったんだけど、辞《や》めちゃったのかな。

二時すぎ、おれと時任はホーセンに向かうべく、エレベーターに乗った。

「タクらないんですか吾妻先輩」

「電車と歩きで充分間に合うよ。おれより若い癖になに言ってんだ」

「アハハハ。でも一歳しか違いませんよぉ」

ま、そうだけど。おまけにおれは童顔だから、下手したら時任が先輩に見えてしまう可能性は高い。高いっつーか、見た目だけだとほとんどの人はそう思うかも。うーむ。

ま、ツラは変えられんからねぇ。

伊万里なんかはおれのこの童顔がかなりお気に入りらしくて、ベッドの中ではべろべろ舐《な》めまわしたりしつこいくらいなんだけど、おれとしてはもうちょっと強面《こわもて》だったほうが仕事はしやすいのかなぁ、なんてことも思う。

「おまえ、いいスーツ着てるねぇ」

「安物ですよ。七万ですから。スーツは消耗品ですもんね」

がーん。七万て、安物か？ そうなのか？

「伊万里さんのなんか、イタリア製ばっかですよねぇ。タイもいつも決まってるし。あ、吾妻先輩の今日のタイもすっごくいいです。オレンジ色似合いますね」

「おお、サンキュ」

これは伊万里が買ってくれたんだよーん。言わないけどな。

実際、あいつはセンスいいんだ。最近はおれも伊万里に頼って、サラリーマン二年目にしてやっとネクタイしてても高校生っぽくなくなってきたところだ。でもこのあいだ、それこそ万札フタ桁《けた》価格のスーツを買ってくれかけた時は、さすがに断った。

だって、身分不相応だもんそんなの。もともと金のある奴が着るのはかまわないと思うけど、おれなんか吊《つる》しの安物でちょうどいいんだよ。

そんなふうに考えていたら、ちょうど玄関ホールで伊万里と出くわした。時任がすかさず会釈をする。

「――外出か」

「ん。ちょっと時任連れて、挨拶にな」

「そうか」

「あ。おまえ今日も残業か？」

伊万里はほんの数秒だけ考えて、頷き
「十時くらいには終わる予定だが――今週はちょっと立て込んでいる」

と答えた。

「そか。ま、週末でもいいや。じゃあな」

伊万里が立て込んでるのはいつものことだ。今朝の小さな諍《いさか》いをフォローしたかったんだけど、しょうがない。おれだって残業のない日なんてほとんどない。

「吾妻先輩と伊万里さんて、休みの日でも会ったりするんですか」

姿勢良く立ち去る、外人モデルみたいな後ろ姿に見蕩《みと》れながら、時任がそう聞いてきた。

「え？　ああ、用があれば」

「用ってどんな？」

「仕事の件で相談に乗ってもらったり、あとはパソコン教わったりだな。あいつ詳しいから」

はい、おれは嘘つきです。

最近はそんなことはほとんどしてません。もっと濃ゆいことばかりしています。シーツがパリパリになるような……ひゃー、いかん。会社で思い出すとマズイ。

「いいなーホント。あんなチョー切れる人が友達だなんて。伊万里さんて、会社ではあんまし喋《しゃべ》らないのに吾妻先輩とは別なんですねぇ」

「ハハハ。似てない者同士のほうが合うっていうか。そんなもんだろ？」

「おれも伊万里さんともっと話してみたいなぁ。システム設計とか興味あるんですよ」

「聞いてみればいいじゃん。伊万里は教えてくれると思うよ。さ、行くぞ」

誰も聞きに行く奴がいないだけなんだよ。伊万里は顔はいいけど、親切オーラは皆無だもん。

ホーセンには時間通りに到着した。

おれの好きな秘書さんはまだちゃんといらして、今日も笑顔で紅茶を出してくれた。社長の話によると、新しい秘書は社長の息子さんなのだそうだ。最初のうちは秘書見習いらしいが、ゆくゆくは役員になり、最終的には跡を継ぐのだろう。

「今は経理の研修に行かせているんですわ。戻ってきたらこちらから挨拶に伺わせます。そう、キミ、ええと時任くんと同じ年だね。いろいろ力になってやってください」

「とんでもない。こちらこそ若輩者《じゃくはいもの》ですので、よろしくご指導ください。致らない点はなんでも言っていただきたいと思っています」

社長は満足そうに頷く。

「吾妻くんも、うちの担当から外れるわけじゃないんだね？」

「ええ。しばらくは時任のフォローにつきます。いつでも呼びつけてください。もっとも、時任は私より語学も堪能ですし貿易事務にも明るいですから、私などすぐに社長に忘れられてしまうかもしれません」

ハハハ、と豊泉氏が肩を揺らして笑った。

「忘れないよ。なにしろ吾妻くんは似ているからねぇ」

しまった、その話は……。

「似てる？　なんのお話ですか？」

「ンハハ。吾妻くんはねぇ、去年からうちで飼い始めた柴犬《しばけん》に似てるんだよ」

「え、犬ですか？」

う。社長、悪気はないのはわかりますけど……後輩の前でその話は……ちと、痛いかも……。

「可愛いんだよこれが。当時はまだ子犬でね。目がクルッとしててなぁ。人懐こくて、吾妻クンにそっくりなんだ」

「アハハハハ。元気ですか、ジロは」

もう開き直るしかない。いいさ、おれだって犬は大好きだ！

あとは社長のジロがいかに可愛いかをさんざん聞かされ、時任も愛想良くそれにつきあい、滞《とどこお》りなく面通しは終わった。

意外だったのは、このあいだまで大学生だったとは思えないほど、時任が場慣れしていたことだ。かなり営業向きなのかもしれない。このおれだって、最初はしどろもどろだったのになぁ。その愛想のよさを伊万里に分けてやって欲しいよ。うん、これなら安心して引継《ひきつぎ》が出来る。最後にちょっとだけ仕事の話になった時も、時任は適切な返事をしていた。河川敷さんは関係ないって言ってたけど、やっぱりトップ入社は伊達《だて》じゃないんだろう。頭はいいに越したことないもんな。王子沢は煙たがってるけど、おれはいい後輩だと思うよ。

ホーセンを出て歩きながら
「吾妻先輩も、大変なんですねぇ……ジロですか」

と労《ねぎら》われちまった時は、ちょっとせつない風が胸に吹いたけどな。

2

伊万里は寝床でものを食うのが好きらしい。

それって、おれ的にはかなりお行儀の悪い癖っつーか、うちでやったら母ちゃんに張り倒されるの間違いなしなので最初はびっくりしたんだけど、今では慣れた。

「おまえんちって、叱られないの、こういうことして」

まだ熱のこもったままの身体に、とりあえずトランクスだけはつけて、おれはだらーんとベッドに仰向けている。日中のセックスってなんか消耗する……自堕落な気分がいかがわしくて、嫌いじゃないけどね。

「いや。別に」

シャワーを浴びた伊万里はバスタオルだけを腰に巻いて、おれの隣であぐらをかいていた。長い指が操る銀色のスプーンが、カーテンの隙間の日光に反射してキラキラしてる。

「かーちゃん、掃除大変だろ?」

「うちの母親は掃除はしない。家政婦さんがやる」

あ、そーですか。経済的レベルが違うのね……。伊万里って、どんな家庭に育ったんだろう。

未だによくわからない。おれン家は兄貴と弟と妹がいて、騒がしい家族でさ。たまにそんな話もするんだけど、伊万里はひたすら聞き役なんだよね。

あんまり、話したくないのかな、とも思っている。

「ひやっっ、冷てぇぞ伊万里！」

「ああ……ごめん」

人の腹の上にアイスを落とすな！

「おっと。動くなよ吾妻。臍《へそ》に流れる」

知ってるぞ知ってるぞ、わざとなんだろ！

腹筋をちょっとでも動かすと、体温で溶けていくアイスクリームがとろりと動いて——気持ち悪いというか気持ちいいというか。しかも、絵的にすごくいやらしいんですけど。ヴァニラの白と、それよりもったりとした質感で、艶のある濃い茶。最近伊万里がはまっているキャラメルの入ったアイスだ。

「んっ」

伊万里が身を屈《かが》めて、おれの腹に舌を這わせる。ちゅっ、と濡れた音をたてて、大好物の甘い冷菓を舐め取っていく。

「……は………」

自分の皮膚温度。そこに落ちた冷たすぎる刺激。更に落ちる熱い舌——そんな温度差がおれを疼《うず》かせる。

「美味しい」

「ば、かやろ……遊ぶなよ、人の身体でぇ……」

「今だけは、吾妻の身体は僕のものだ。遊ばせてくれたって、いいだろう?」

「あっ。や、つめた……ッ」

またアイスが落とされる。

今度はきっちり狙った乳首の上だ。さんざん嬲《なぶ》られて敏感になっている部分にそんなふうにされたら、身悶えてしまうのも無理ないよな。こういう動作が伊万里をまた刺激しちまうのはわかってんだけど、どうにも自分では制御不能だ。

「最近、大きくなったかな……吾妻のここ」

「うそっ」

慌てて頭を起こして、自分の胸を見た。ぷつ、と尖った乳首に舌を絡ませている伊万里と目があって、赤面する。

「そ、そんなに大きくなってないじゃんかっ」

「そりゃ、女の人みたいにはならないよ。でもなんだか……ああ、大きくなったというより、すぐ硬くなるようになったのかな？」

　あのですね。そこにアイスなんか落とされたら誰だってそうなると思いますけど。

「色も、赤が濃くなってきた」

「おまえが吸いつきすぎるからだよ！」

「きつく吸われたり、囓られたりするの、好きだろ？　こんなふうに」

「……や、……んんっ……」

　カリ、と前歯が当たると、背中が震えてしまう。ぞくぞくするこの感じ。

　そうなんだよ、おれ、ちょっとだけ痛いってのに弱いみたいなんだよ……あくまでちょっとだけで、本格的に痛いのはマジ勘弁して、なんだけどね。たぶん伊万里が意図的にそう仕向けたからだと思うぞォ。最高に優しく、気持ちよくおれを揺さぶりながら、ぎゅっ、と他のところを抓《つね》ったりとか。そういうの、よくするのよコイツ。

　そういや、ネクタイで縛られたりもしたしな。

　いかせて、って言うまで焦らされたりもするしな。

　で、こないだは痴漢プレイだろ。

　なんだよ。おれの恋人はかなり変態入ってんだなぁ。それともこれって普通なのか？　おれはたいして女性経験もないからわかんないよ。

「もうだめっ。今日はおしまいっ。ほら、離れろッての！」

「貴重な日曜だぞ……もっと触っていたい……」

「貴重な日曜だから！　おらおらっ、昼メシ食いに行こうって！　おれを餓死させる気かよ」

昨日の夜中までさんざんヤって、今朝もまたヤって、すっかり血中糖度低いんだおれは。腹が減ると機嫌悪くなるんだからなっ。

はいはい、わかったよと、しぶしぶ伊万里が立ち上がった。残りのアイスをしまいに行ったらしい。おれもきしむ身体を叱咤《しった》してシャワーを浴びるため、立とうとする。

うっ。ケツ痛ェ………。軟膏《なんこう》塗っておかなくちゃ……。

なんかアレだよな。やっぱり男女のセックスとは違うから、いろいろ気を使うよ。今更後ろを使うのに罪悪感なんかないけど、準備とか後始末とか、そのへんは面倒だ。その面倒を越えてまでしてるんだから、つまりそれだけイイんだけどね。

それとも、それだけ伊万里が好きってことなのかな。

好きだけど――たまに、ふと不思議にもなる。あれれ、なんでおれは男とつきあっているんだろうって。今更なにを言うか、とも思ってはいるけど、でも本当に不思議なんだよ。子供の頃から恋愛は男女でするもの、って刷《す》り込まれているせいなんだろうか。自己嫌悪とか、タブー意識とかではない。単純な疑問。

なんで男と。

なんで伊万里と？

そんでもって、なんで伊万里はおれと、なんだろう？

なぜ自分が選ばれたのかっていう疑問は、男女の恋愛にもつきものだと思う。相手の気持ちってわかんないから、揺るがない確信が欲しくなったりする。何度好きだって言われても、どこかに小さな不安がつきまとう。特に男同士の恋愛については、おれにはスキルがまったくないので不利なんだ。

新人の時から、社内でも注目度イチだったクールなエリート。

その男が、元気だけが取り柄のおれに一目惚れした……おれが女の子だったら、少女マンガだ。しかもかなりベタな設定。

「行くぞ吾妻……どこか痛いのか？」

「いンや。平気平気」

心配げな伊万里の顔を見ると、自分が想われているのが伝わる。そんな時は、すごく嬉しい。いまいち、よくわかんない男だけど、こいつと離れたくないんだ。あんましそういう発言はしないけどさ。だって恥ずかしいじゃんか。おれは伊万里みたいに、ベッドで豹変《ひょうへん》して甘っ怠いセリフ言うようなガラでもないし。

ま、そういうセリフに煽《あお》られてんのは、事実なんだけど。

外に出ると、思ったより雲がある。そういえばもうすぐ梅雨《つゆ》入りだな。

伊万里がひとりで住んでいる邸宅――家っつーより邸宅なのよ――から歩いて十分くらいで国道に出る。そこにあるファミレスにふたりで入った。

日曜なので家族連れが多い。喫煙席に座ったんだけど、隣のテーブルに赤ちゃんがいるのを見て、伊万里が煙草を諦めた。

「かわいー。ほらほら、もみじの手だぜ」

「吾妻は子供が好きだな」

「おー。うちの一番下の妹はおれが高校生ン時に生まれたからなー。育児は得意なんだぜ」

「育てたのはお母さんだろう?」

「ウチは共働きだからさ。おれ、休みの日の部活に妹背負《しょ》ってったことある。オムツ持って。みんなが順番で面倒見てくれたんだ」

そうか、と伊万里が小さく言って視線をテーブルに落とす。ほらな、あんまり家族の話は盛り上がらないのだよ。

「そうだ。吾妻のとこの新人、最近よくシス営に来るぞ」

「え。時任?」

「そいつだ。情報処理試験を受けたいとかなんとか。なんでアジア食品部にいてそんなこと言いだすんだか知らないが」

ははあ。最近またよく席を外しているけど、伊万里のとこに行ってたのか。

「あいつ、もともと好きみたいだなぁ、コンピュータ」

「専門知識はともかく――わりと詳しいぞ。あれは、パソコンオタクだな。ネットに関してなら、僕より知っているかもしれない」

「うそ、伊万里より？」

「ああ。僕はネットはあまりしないから」

運ばれてきた和風ハンバーグがジュウジュウと音を立てている。わ、タレが跳ねる。なんでこういう時に限って薄い色のモン着てるんだろおれってば。伊万里が渡してくれたおしぼりで、若葉色のシャツの染みをごしごしと拭った。ちょっとは薄くなったかな……。

「時任、仕事の邪魔してない？　大丈夫？」

「まあ、そんなに長っ尻じゃないし――おい、火傷《やけど》するぞ」

「らって、熱いモンは熱いうちに食べなひと。はふっ。あちっ」

「そらみろ……吾妻が口の中怪我すると、僕だって困るんだ」

キスの時に、という言葉はさすがになかったけど――その目つきでわかっちゃうんだよっ。

ファミレスでなに言ってんだよオマエは〜。

「でも、珍しいじゃん。伊万里が誰かの面倒見るなんてさ。しかも他部署の人間だし」

「………まあな」

カルボナーラをフォークに絡めながら、伊万里にしては曖昧《あいまい》な返事を返す。

「あんまりうるさかったら、追い払っていいからな」

「わかってる」

しかし時任も勇気があるというか。伊万里の部署までわざわざ押し掛けるとは思わなかったよおれも。普通は出来ないぞ。なにしろ会社での伊万里の無愛想ぶりはスゴイんだから。上司にだってニコリともしない。

伊万里が笑うのは、ほとんどおれにだけだ。

それも主にナニの最中。

さんざん喘がされて、喉も嗄《か》れて、わけがわかんなくなったおれが譫言《うわごと》みたいに伊万里の名前を連呼すると、優しく笑ってこっちを見つめるんだ。その時の伊万里の顔が、正直おれは大好きで、会社で毎日あんな顔をみんなに振りまかれたら……ちょっとイヤかもしんない。

なんだこの感覚。

ジェラシーってやつか？

なんとも単純だな、おれも……そう思って、自分でクスクス笑ってしまう。伊万里がどうした、って聞いてきたけど教えてやらなかった。

いつか気が向いたら、ベッドで告白することにしよう。


週明け、東京に梅雨入り宣言が出た。

季節が後ずさりしたみたいに気温が下がって、おれはちょっと風邪気味だ。まあ鼻風邪だからたいしてひどくはない。伊万里のせいもあるかなぁ。おれがパジャマを着て眠るのを嫌がるんだよあいつ。やることやったんだから、ハダカでなくてもいいじゃんかって言ったら、そういう問題じゃないってコワイ顔されちまったよ。

「吾妻、定例の報告書は?」

「あ。はい。用意してあります」

課長に催促されて引き出しを開ける。あれ? あれれ?

「どうした。早くしろ」

「すみません、ちょっと待ってください……変だな、確かここに」

先週の残業の原因だった報告書は、ちゃんと規定フォーマットにまとめ、英文バージョンも添《てん》付《ぷ》してファイリングしたはずだ。ファイル自体はあるのだが、その中に挟まっていない。そんなバカな。すごく苦労して英訳までつけたのに……。

「なぁにしてんだ吾妻。おまえ、デスク周り少しはなんとかしたらどうだ。日本アルプスつくってんじゃねーぞ。報告書、部長に持って行かなきゃなんないんだ。おれはちょっと出かけてくるから、午後イチまでに探しておけよ?」

「あ、はい。すんません」

うちの工藤《くどう》課長は根は気のいいオヤジなんだけど、短気なところがある。やっておけ、と言われた仕事を期日内に熟《こな》さないのは大嫌いな人だ。

「時任、おまえ知らないよな?　B４の青いファイルの中身……定例会議っていうインデックスのついてるやつ」

向かいの席でパソコンを操作していた時任が、顔を上げておれを見た。

「はい、知りません。だっておれ、吾妻先輩の机触る勇気ないですよー。雪崩《なだれ》おきそう」

そりゃそうだよな。なんでこんなになっちゃうのかな、おれの机。ものを書くスペースがほとんどない。

「でもその報告書、大切なんでしょう?」

「大切なんだよ」

「なくしちゃったんですか？」

「いや、なくなるはずないんだ……重要書類だけはきちんと整理して、この一番下の引き出しに整理してあるから」

「ですよね。書類なくすなんて、小学生じゃあるまいしって感じですよねぇ。アハハ」

チク。

なんか、ちょっとトゲを感じたんだけど……いやいや、時任に悪気はないのだろう。そもそも書類なんかバタバタ探しているおれのほうに非があるんだし。

「吾妻先輩、小学校の時によく忘れ物して叱られるタイプだったりしませんでしたか？」

しましたよ。しましたとも。よく兄貴のクラスに体操着借りに行ったさ！　相当ブカブカで格好悪かったけど、着ないよりはマシだもんな……。

「すみません、探すの手伝いたいんですけど、ちょっと伊万里さんと約束してるんでシス営に行かないと」

「え。時任、十一時から資料倉庫でマイクロ探すんだけど………」

「あー。すみません、でも約束しちゃったんですよぉ。伊万里さんが時間割《さ》いてくれるのってなかなかないもんですから。じゃ、ちょっと行ってきます」

「おい、おまえ、そりゃ……」

まだ言いかけているおれを後目に、時任は席を離れてしまった。ファイルを何冊も抱えたままのおれは追いかけるタイミングを逃して、口を開けたまま見送る。

あのー。

ちょっと待ってくれよ。仕事にはさ、優先順位というものがあるはずで――

「舐められてるな、完全に」

隣の席からボソリと言われる。

「やっぱ……そう思うか？」

「思う。おれだったら、今のはハリセンもんだ」

頬杖をついて電卓を叩きながら、王子沢は不機嫌な声を出した。

「こないだまで、犬コロみたいに懐いてて、素直な奴だと思ってたんだけどなぁ」

「伊万里に鞍《くら》替えしたんだろ。ま、あいつが時任の面倒見てるってのも不気味なんだけどな」

「鞍替えってのは言い過ぎだろー」

でも、なんかその言葉がしっくりきちゃうかも。

「もともと伊万里はあんまり他人に関心持たないから……珍しく相手にされて、時任も浮き足立ってるだけだよ。そのうち落ち着くだろ」

「吾妻のそういういい子ちゃんなとこが、おれは時々ムカつくんだよな〜」

「なんだよそれ」

ファイルをバサバサと積み上げながら、王子沢を睨んだ。ボールペンを耳の上にさしたまま、電卓計算を続ける姿は、どうも商社マンっぽくない。品良く整った顔のくせに、王子沢のオヤジくささは相変わらずだ。

「疑ったりとかさ。少しはしろよ。隣で見てっとイライラするぜ」

あれ。王子沢クン、もしかしておれを心配してくれてんの？

「ここんとこ時任ベッタリで、おれとはちっとも遊んでくれないし」

あれれ。ヤキモチ？　って、おまえ、会社は遊ぶとことちゃうやん。

「今日は逃がさないぞ。マイクロ探しは絶対つきあってもらうからな」

なんだ……つまり面倒くさい単純作業をひとりでさせるなって話か。王子沢のところは新入り来なかったからなぁ。

「………で、あったのかよ報告書」

「………ないです」

「ったく、しょーがねーなぁ。おれ、コピー持ってるぞ」

「王子様！」

「その呼び方はやめれっちゅうの！」

うわあ、助かった！　ちょっとドキドキしてたんだよ実は！

もとのデータはどっかにあるんだろうけど、おれはそれを探す自信なかったし。う―ん、さすが王子沢。その手にチュウしたくなっちゃう――って、嘘。おまえ、手にいろいろメモ書くのやめなさいよ……しかも何語だかわかんないし。

ありがたくコピーをコピーさせていただき、ファイルに綴《と》じて課長席に置いた。

ふ―、一安心。

「ありがとな、王子沢」

「おう。じゃ今度は恐怖の資料倉庫だ。覚悟はいいか吾妻」

「あ、おれ、マスク持っていこうっと」

「……おれもそうしよ」

スーツの上着を脱ぎ、ネクタイも取って袖《そで》を肘上まで捲《めく》り上げる。粉塵《ふんじん》用があればいいんだけど、そこまで用意周到じゃないから、普通のガーゼマスクを持った。王子沢が脚立《きゃたつ》を担《かつ》ぐ。戦闘準備完了。つまり、資料倉庫はほとんど出入りがない部屋なので、おそろしく埃《ほこり》が積もっているわけです。

「あら。勇ましいじゃないの、ふたりとも」

廊下で声をかけてきたのは研修課の江藤さんだった。相変わらずシャキッとしてて滑舌《かつぜつ》がいい。制服を着ていないところを見ると外出の帰りだろうか。黒のパンツスーツが決まってる。

「ちわっス。どっか行ってたんですか？」

出入りの酒屋みたいな調子で挨拶した王子沢の背中を、江藤さんがじいっと見た。

「うん、主任研修の会場の下見に……王子沢、いい背筋《はいきん》してるねぇ」

「へへ。女殺しの背筋ですから」

「えっ。どれどれ、おれにも触らして」

思わず王子沢の背中をさすさすしてしまった。脚立を担いだままでヒャア、やめろっと王子沢が逃げる。

「ホントだ。見た目より筋肉質……」

「ばかやろー。男はおれに触っちゃいかん！　あ、江藤さんならいいですよ～」

「会社でそんなことしないわよ。ただ和泉ちゃんから、バレエやってたって聞いたからサ」

「だからそれは、すげえ昔の頃の話ですよー」

参ったなというように、王子沢が溜息をつく。そうか、クラシック・バレエって背筋が大切って聞くもんな。

「ところで吾妻。時任坊やはどうよ？　マジメにやってる？」

「えっ。あ、はい、まあ」

「なんか曖昧な返事だわねぇ。あの子頭いいでしょ?」

「そうですね。おれが一時間かかる英文翻訳、十分ですから」

「そうなのよね。その分手ェ抜く悪い癖があるみたいだから、しっかり鍛えてやんなさいよ。おっと、もう行かなくちゃ。じゃあね〜」

手を抜く癖?

「ほれほれ吾妻。姉御《あねご》もああ言ってるぞ」

「なんだよその姉御って……」

「江藤さんは姉御。和泉ちゃんはベイビー。おれの中ではそうなってんの」

ガッシャガッシャと脚立を鳴らしながら、王子沢が歩く。廊下ですれ違う他部署の女子社員に笑顔なんか振りまいちゃったりして、サービス精神だけは旺盛だな。

「じゃ、河川敷さんは?」

「う」

王子沢が詰まった。

「謎がまだ多すぎて愛称が浮かばない……」

「だよな」

素直に同意して、廊下の角を曲がった途端、

「わたくしをお呼びになりましたか？」

「どわっ！」

「うわっ。王子沢、脚立あぶなっ」

「か、河川敷さんっ、避けてくださ——」

突然そこに現れた河川敷さんに驚いて、王子沢が脚立を落としそうになった。

河川敷さんは、自分の頭を直撃しそうになった重たい脚立の足を、細い腕でグッと掴む。む、無理だそんなの。支えられるはずがない。

おれは慌てて手を貸そうとしたんだけど、ちょうど王子沢が間にいるので腕が届かないんだ。

小柄な河川敷さんの腕はかなり上がった状態になってる。すでに脚立は王子沢の身体からはほとんど離れ、宙に浮いた状態。

つまり、その重量のほとんどが河川敷さんのホントに細い二本の腕にかけられているのだ。

なのになに？

脚立は空中で安定。すごく安定。表情も変えずに脚立を支えるか細い制服姿。

「大変重いので、下ろすことに致します」

カシャ、とごく落ち着いた音を立てて、脚立が廊下に下ろされた。

王子沢が口をカパ、と開けたまま河川敷さんを見ている。あ、おれの口も開いてるわ。

「け……怪我ないですか」

おれの問いに、少し上目遣いになった河川敷さんが肩と腕を回し、両手の平を見て
「特に問題は見あたらないようです」

と報告する。王子沢は自分の胸に手を当てて、まだ固まっている。よほど驚いたのだろう。おそらく心臓が爆走しているのだ。

「おふたりのそのスタイルを見るに、資料倉庫でしょうか」

「あ、そうなんです。昔の資料探しで……けど見つかるかどうか」

「いつの、なにをお探しです？」

「昭和五十六年度のアジア地域海産食品のデータのマイクロフィルムで……文書番号は……いくつだっけ王子沢」

「ぶ、文書番号は不明……」

なんか声が上擦ってるぞおまえ。

「それでしたら、E区画の棚の奥から二列目のキャビネットです。文書番号はおそらく四千番台。ただし管理状態が悪いので、一部は三列目のキャビネットに移動してしまっています」

早口にそう言うと、では失礼、と頭を下げて河川敷さんは行ってしまった。

おれと王子沢はお礼を言うのも忘れて、ぼんやりと突っ立っている。

「吾妻……見たか？　うそ、だろ……なんであんな細い腕で……サ、サイボーグ？」

「それもそうだけど……なんで資料の在処《ありか》わかんの？　まさか、なにがどこにあるのか、全部頭に入ってんのか……？　いや、そんな、いくらなんでも……当てずっぽう、だよなァ？」

ふたりで顔を見合わせて、資料倉庫に向かう。

その結果。

目的の資料は、河川敷さんの指摘した位置に、まさしく確かに間違いなくあったのだ。

「きゃあっ、キワ様ってば、またそんなさりげない活躍をなさったの！」

見えないハートマークを飛ばしつつ、和泉さんがいつもよりワンオクターブ高い声を出した。

その隣では王子沢が傘をいいかげんに畳《たた》みながら、あれにゃ驚いたよなーと呟いている。

土曜日、朝から弱い雨が降っている。

おれたち四人は都内の劇場にいた。四人というのは、おれと王子沢と和泉さん。そして伊万里である。王子沢の知り合いが出演するというのでバレエ鑑賞に来たのだ。

本当は江藤さんも来るはずだったのだが、風邪をひいちゃったんだって。そういうおれもまだ風邪気味を引きずってるんだけど、せっかくの土曜日だし、寝ているのはもったいないじゃん。伊万里は江藤さんの代打として、無理矢理おれが連れ出してきた感じかな。

「なんか人間離れしてるよな、河川敷さんて」

「王子様ってばシツレーね。それじゃキワ様が妖怪変化みたいじゃないの」

「いや、そこまでは言ってないけど。近いような気も。なあ吾妻？」

「妖怪はないだろ〜。宇宙人とかエスパーみたいな気はちょっとする」

「ああ、するする。サイコキネシスとか使えそうだ。バビルⅡ世みたいなもんか」

「ふたりともなに言ってるのよォ」

会話に一向に参加してこない伊万里は、黙ってプログラムを読んでいる。ロビーにいる人たちがチラチラとこっちを見ているのは、伊万里と王子沢がやたらと目立つからだろう。

「伊万里さんはバレエは初めて？」

和泉さんの質問に、伊万里は「いや」とだけ答えた。だからぁ、短すぎるんだよおまえの返事はさ。そんなんじゃ和泉さんが困っちゃうだろうが。

「何回目？」

おや、引き下がらない。

最近は和泉さんも伊万里慣れしてきたみたいだ。さすが、柔軟性あるなぁ。

「ここ数年はなかった。子供の頃なら、数回」

ふうん、と和泉さんが頷いた。よし、それくらいならまあ合格。え？　お子ちゃま伊万里はバレエなんか見に行ってたりしたのか。なんか意外。ハイソな家ってそんなもんなのか？

「あ、そうそう。王子沢くんの知り合いって、どの人？」

「おー。おれがガキの頃にお袋の教室で一緒だった奴なんだけどさ。なかなか有望らしくて。このへんに名前があるはず……あ、ここ」

「すごい。二役もやるのね。パン屑《くず》の精のお付きの騎士と……スペインの王子かぁ」

「今年からソリストになったから、もしかしてもしかしたら、何年か後にはプリンシパルって可能性もあるかもな」

プリンシパル？　プリンの仲間か？　パン屑の妖精ってなに？

え、だってこれ、アレでしょ。魔法かけられて寝こけちゃうお姫様が王子様にキスされてってやつでしょ？　ああ、もう、おれバレエなんか初めてだから、よーわからん。

「プリンシパルは、簡単にいうと主役級を踊るダンサーのことだ」

伊万里が小さな声で教えてくれた。あ、そうなの。スター選手みたいなもんね？

「パン屑の精は、プロローグでオーロラ姫誕生のお祝いにくる妖精のひとり」

ほほう。よく知ってるなー伊万里。

「まだ開演まであるな。お茶でも……あ。あれ？　ちょっとタンマー」

王子沢の視線が、ロビーの奥から歩いてきた男に向けられた。

まるで植物の蔓《つる》みたいに、すらりと長くしなやかな腕と脚。小さい頭。姿勢良くこちらに向かう姿は、素人目のおれにもわかる。間違いなく、ダンサーだ。

身近に見るの、初めてだけど……マジで綺麗な身体つきなんだなぁ。王子沢だって伊万里だって、等身バランスはすごくいいけど、生まれながらの条件に更に鍛錬を加えた身体は……なんか同じ人間じゃないみたいだよ。

彼がおれたちを見て、足を速めた。王子沢の知り合いなのかな？

「敦彦《あつひこ》！」

ん？　あつひこ？　敦彦って……

「——カイリ？」

彼を見て、伊万里が眉間に皺を寄せる。そうだよな、敦彦って伊万里の名前だ。

「やっぱり敦彦だ！　敦彦！　このこのこのっ、ちっとも連絡もよこさんで、薄情者！」

嬉しそうな声と、抱擁。ちょっと——どゆこと？

「なつかしー！　相変わらず不機嫌な顔しやがってぇ！　ん〜」

「なんでおれが連絡しなきゃならないんだ……おい、やめろカイリ。ここは日本だぞ」

そうだ日本だ。ハグとか、耳の下にキスとか、そういうのは……そういうのは……

おれ、言葉が出ない。伊万里がチラ、とこっちを見た。

そして、すぐに目を逸らす。

「や—な—ぎ—だぁぁぁぁ」

王子沢が、彼の肩を摑んで、伊万里からべりべりっと剝がした。いや本当はそんな音してないけど。

「あれ。恵《けい》、いたの」

「いたのじゃないいっつーの。おまえが招待したのはおれだろーが。なんで伊万里に抱きつくんだ？　おまえら、知り合いだったの？」

「おまえこそ、敦彦とどういう関係だよ？」

「おれたちは同僚だよ！　ここの四人はみんな同じ会社！　会社の連中連れてくって電話で言っただろうが」

そっか、と我に返った顔をして、彼は改めておれたちを見た。その顔立ちも……ちょっと厚ぼったいくちびるが官能的で、肩まである黒い癖毛とよく似合ってて……個性的な色男だ。おれや伊万里より、少し年上に見える。

「ごめーん。えと、柳田《やなぎだ》カイリです。今日は見に来てくれてありがとう」

「あ……和泉です。ご招待ありがとうございます。頑張ってくださいね」

戸惑いつつも、ちゃんと挨拶した和泉さんに、彼は人懐こい笑顔を見せた。

「カーワーイー。恵、相変わらず美男美女侍《はべ》らせんの好きだなぁ〜。おまえガキの頃からそうだったもんな〜。ん、こっちの彼なんかモロおまえのタイプじゃんか！」

へ？　お、おれ？

「柳田ァ。誤解を招くような発言をするなよっ」

王子沢が厳重抗議した。そらそーだ。和泉さんならともかく、おれってのは変だろ。

「お、悪い悪い。厳密に言うと、彼が女の子だったら、モロに恵のタイプだな、と。ウン」

「ふぅん。王子沢くんって、吾妻くんみたいな女の子が好きなんだ……」

そんな感心したような声出さないでよ和泉さん〜。い、伊万里、なんかおまえ目が怖いぞ。

「吾妻くんですか。よろしく、柳田です」

「はあ。よろしく……」

ダンサー柳田はポンポン、とおれの肩を軽く叩いた。子供にするみたいな調子で。

「おっと、おれそろそろ準備しなくちゃ。今日の見所はリラの精だぜ。羽根が生えているみたいなジュテするんだ。じゃ、みんな楽しんでね」

せわしなく立ち去った後ろ姿を、伊万里が怒ったような、同時に困ったような顔で見送っていた。数本しか落ちていない前髪を指先で整え、フ、と小さく息を吐く。

聞きたい。

問いつめたい。

なに、今のハグは？　なんであんなに親しげなんだ？　しかもおまえ、ダンサー柳田を下の名前で呼んでたよな。カイリって、呼び捨てだったよな。おれの聞き間違いじゃないよな。

うぅ、でも言えない。頭が煮えそう。

「伊万里はなんで柳田を知ってんだ？」

よし、王子沢。ナイス質問。

「――うちの父親の関係だよ。最初はアメリカで会った」

「おまえのオヤジってなにしてる人？」

「――バレエ教師」

どこか諦めたような口調で、伊万里が告白した。
ゲ、と王子沢が奇天烈《きてれつ》な声を上げる。おれも驚いた。初耳だし、かなり予想から外れた職種だ。
伊万里父ってば踊る人だったのか……。

「なんだよ、うちのお袋と同業者なのかよ！」

「今もワシントンDCで日本人の子供向けの教室をやってる。向こうは、親の仕事についてくる子供がけっこういるから」

「ちょっと待てよ……伊万里……伊万里……あ、字面《じづら》に憶《おぼ》えがあるぞなんか。振り付けとかもしてないかオヤジさん」

「ニューヨークにいた時はしてた。アングラっぽいマイナーバレエ団だったけどな」

「わー意外。あたし、伊万里さんのお父様って、バリバリのエリートサラリーマンとか、官僚とか、そういう人なんだと思ってた……」

うんうん。そうだよね和泉さん。おれも勝手にそう決めてたよ自分の中で。

「――よく、そう言われる」

たぶん……おれにしかわからない程度に、落胆の色が混ざった声。顔はちっとも変わらないけど、伊万里はなんか元気ないみたいだ。どうしたんだハンサム鉄仮面。元気なく振る舞いたいのはこっちなんだぞ。結局、ダンサー柳田はただの友達なのかどうか謎だし。いくら王子沢でもそこまで聞きゃしないもん。

あれなんだよな。ダンサーとかって、多いらしいじゃん……同性愛の人。

「吾妻くん?」

黙ったきりのおれに気がついて、和泉さんが顔を覗き込んできた。

「どうしたの？　具合でも悪い？　あ、風邪気味だったんだよね」

「いやいや平気。ただ、なんか驚いちゃっただけ～。今の人、かっこよかったな」

「そうよねー。バレエダンサーの身体って本当にキレイ。うっとりしちゃうよね」

うっとりしちゃう身体――うん、その通りだ。

伊万里と並んで歩いてたら、きっとすごく絵になるんだろうな……。

う、イテ。

なんかチリチリと胃が痛いぞ。なにストレス感じてんだよおれは。ふたりがそういう関係だったって証拠はないし、仮にそうだったとしても、昔のことじゃんか。そんな後ろ向きな姿勢は吾妻くんらしくないだろッ。しっかりせい！

いちち……いかん。自分で自分を励ますとますますストレス過多になるみたい……。

それからおれたちはロビーの喫茶でお茶しながら開演を待った。

王子沢と泉さんが、今日の演目『眠りの森の美女』の解説をしてくれる。あらすじは童話のそれとほぼ同じなんだけど、見所は主役ふたりの踊り以外にもいろいろあるらしい。妖精やら騎士やらがたくさん出てきて、それぞれすごく個性的な振り付けで踊るんだって。

「叙情的っていうよりは派手な舞台なんだけど、あたしは大好きなの。衣装見ているだけでワクワクしてきちゃう。夢の世界よ」

和泉さんが頬を紅潮させてそう語った。

それは、本当だった。舞台はすんげー豪華で、キレイだった。おれはバレエっていうと、例の白鳥の白い衣装しか思い浮かばなかったんだけど、とんでもない。色とりどりだ。妖精さんには背中にちいさい羽根がついてんだぜっ。かっわいー！

席はかなり前方のド真ン中で、トゥシューズ、和泉さんはポワント、って言ってたかな、それが床を擦《こす》る音まで聞こえてくるくらい。みんな、足の裏にバネしかけてんじゃないかっていうように、跳ねる。飛ぶ。回る。

柳田カイリが出てきた時は、すぐにわかった。

独特のエキゾチックな雰囲気が目をひく。妖精を誘う腕の動きは優美で柔らかい。

「あいつポール・ド・ブラがうまくなったなぁ……昔は大胆っつーか、雑だったんだよもっと」

休憩の時に、王子沢がそんな説明をしていた。ポールなんとかってのは、腕の動きのことだそうだ。

「ジュテも高いね」

和泉さんも誉める。ジュテは、ジャンプね。ん？　そっかフランス語なのか。今頃になって気がつくおれってかなりバカだな。

夢の世界。

その通りだ。現実からしばし離れられる時間。溜息を零してしまうような、舞台の煌《きら》めき。

けどおれはそれに浸りきれなかった。伊万里のせいで。

どうしても、気になる。胃の痛みは取れないまま加速中。どうしちまったんだろ。

誰かの過去を、こんなに意識したのは初めてだ。今までつきあった女の子たちにだって、昔の彼氏ってのがいたはずなんだけど、こんなに気にならなかった。そりゃいい気持ちはしなかったけど、だってどうしようもないことだし。過去に嫉妬するなんて、非生産的もいいところだし。

カッコワルイし。情けないし――

やっべ。なんか、頭まで痛くなってきた……。

「吾妻。顔色が悪いぞ」

幕が下りた後のざわめくロビーで、王子沢が珍しく真剣な声を出す。

「ん？　そうか？」

「おまえ……熱っぽくないか？」

「吾妻くん風邪？　いま流行《はや》ってるんだよ」

和泉ちゃんが頬に当ててくれた手が冷たくて気持ちいい。伊万里はダンサー柳田に話があるとかで、楽屋に行ってしまっている。

「わ、熱あるよー。どうする王子沢くん」

「どれ」

ぐい、と王子沢に引き寄せられて、デコに大きな手を当てられた。そーいえば、なんかフラフラしますです。胃のチクチクはムカムカに変わってて……頭はズキズキしてて……。

「さぶい……」

「まずいな。舞台見ている間に悪化したみたいだな」

だめだよー。おれ、第三者にまずい、とか熱がある、とか言われると急にくにゃくにゃになるんだよなぁ。聞いた途端に脚まで萎《な》えてきて、王子沢に寄りかかる。痩《や》せてるわりに、ちっともぐらつかないねぇ、おまえ。

「和泉ちゃん、おれこいつ送ってくるわ。伊万里が戻ってきたらそう言っといてくれる？」

「わかった。吾妻くん、明日は日曜日だからゆっくり休んでね？」

「うん……ありがと……そんでゴメン……この後飲みに行くつもりだったのに……」

「そんなのいつでも行けるから。ほらほら。じゃ、王子沢くんよろしく」

「おう」

やまない小雨の中、タクシーに押し込められてなんとかアパートまで辿り着く。

部屋に入るなり、おれはトイレに駆け込んで胃の中のものをみんな戻してしまった。車酔いしたらしい――おかしいな。乗り物は強いはずなんだけど。

フラフラのおれを見かねて、王子沢が着替えまで手伝ってくれる。

ごめんにゃあ、野郎脱がしても楽しくないよなぁ……。

「ほら、袖抜けよ」

「うん……」

「薬……はだめだな。また戻しちまうな」

「ん……もう少ししたら飲むよ……すまん」

「ふはは。おまえちっこいからこういう時はいいな。ほれ、布団入れ」

ちっこいって言うな……なんて反撃も今はちょっとムリ。ああ、でも、横になったらずいぶん楽だわ……伊万里、心配してっかなぁ……

あ。ケータイ鳴ってるよ、王子沢。

「はい。おお――ウン、今ついて寝かせた。ちょっと吐いたわ。風邪が胃にきたのかもな」

受け答えの様子から察するに、伊万里かな。和泉ちゃんだったら、王子沢の声はもっと優しくなるはずだ。

「え？　おまえが？　ああ――ちょっと待てよ」

王子沢が携帯の保留ボタンをぷちん、と押した。

「伊万里がこれから来るって言ってるけど、どうする？」

「………」

そりゃ。

来て欲しいけど――――でも。

「今、和泉さんと柳田とメシ食ってるみたいなんだけど」

「――――いいよ来なくて。伊万里来ても、治るもんでもないし」

あれま。おれってば、拗ねてるよ……ダンサー柳田の名前聞いた途端にコレだ。

ったく、ガキみてぇだなァ。

「もしもし。来なくていいってサ。ああ？　心配ねーよ、おれがついてる。一晩添い寝してやっから。どーせ明日は空いてるんだ」

え、王子沢いてくれんの？

「柳田によろしく言っといてくれ。和泉チャンにも。うん。じゃな」

携帯を切りながら、伊万里の奴おまえに関してはやたら心配性だなー、と王子沢が笑う。そうなんだよ。あいつ、おれには過保護っつーか。こないだもじゃれあってて、ちょっと腕を捻《ひね》っちゃっただけで、やれ湿布だの整骨院だの、もう大騒ぎで……

優しいんだ。

きっと、恋人には優しい奴なんだよ。

昔から——たとえ相手がおれじゃなくても、自分の抱く相手にはうんと優しくなるんだよ。

「どうした吾妻、どっか痛いか」

「え？」

「なんだ。違うのか。泣いてるのかと思った」

王子沢がおれの目尻を、指先でスッと撫でた。涙なんかないぞ。

こんくらいで泣くわけないだろ。ハハ。

そう笑おうとしたんだけど、身体が怠くて、うまいことリアクションがおこせない。ただぼんやりと王子沢の指を見ていた。

「そんなへんな顔、してるか……？　ちょっと情緒不安定かも。熱のせいかな……」

「——ああ。熱のせいだな」

優しい声で王子沢が言う。なんだよおまえ、気持ち悪いぞ。いつもなら絶対からかうとこなのに。ホントに王子様みてーじゃん。あ、じゃおれはお姫様？　そんな。バカみてぇ。

おれの額をそうっと、ひと撫でして王子沢が立ち上がった。

「さーて。ちっとそこのコンビニでレトルトでも仕入れてくるわ。今日は泊まらしてもらうからな。パンツも買わなくちゃな〜」

おれの洗ったパンツあるぞ、と言ったら王子沢が顔をしかめて

「ンなのはいて、妊娠したらどーすんだ」

などと言った。

……したら認知してやるぜ。今日のおまえは、優しいもんな。


おれの熱は夜中にけっこう高くなったらしい。

やけに喉が乾いて苦しかったのはぼんやりと覚えている。大丈夫か、ポカリ飲むか、と静かに聞かれて頷いたのも覚えている。

目が覚めたのは日曜の昼前で、横で王子沢が毛布にくるまって眠っていた。熱はひいていて、やたらと腹が減っていて、吉牛の特盛りが食べたいと言ったら頭をはたかれた。

夕方に思いついて携帯を見たら、伊万里から三回電話が入っていたけど……おれはかけなかった。かけられなかった、っていうのが正しいかもしれない。

月曜には、普通に出社することが出来た。

「でかい貸しだぜ吾妻～」

「だから～、ありがとうって千回は言ったぞおれは」

「せえっかく、和泉チャンと飲む機会だったのになぁ」

「わかったよ。今度またセッティングするよ」

「よっしゃ。総務の新人さんにも声かけろよ？」

「言うと思ったぜ」

王子沢とそんなバカ話をしながら、朝のメールチェックをする。

あ……伊万里から来てら。

◆発信／システム営業部推進課／伊万里敦彦
◆件名【体調管理】
風邪は万病の元。充分な体調管理を請う。

こちらは日曜の夜便で北海道入り。戻りは水曜の予定。以上。


素っ気ないけど……わかる。

おれのこと、すごく心配してるのが、わかる。

うわ……どうしよ。なんで電話しなかったんだろうおれってば。伊万里が出張だってのもすっかり忘れてたよ。なんの根拠もないのにダンサー柳田をヘンに気にして……女々しいったらないよな。いや、ここで女々しいなんて言ったら江藤さんに蹴飛ばされそう。

「吾妻先輩、風邪ひいてたんですか？」

いつのまにか、時任が後ろに立っていた。断りもなく、モニターを覗き込んでいる。

「あ、うん。週末な。もう治った」

「あはは、伊万里さんのメール面白いなぁ。そうですよ吾妻先輩、子供じゃないんだから、きっちり自分で体調管理しないと」

「は……はは。そうだな」

にっこり笑って言われちゃったら、こっちも笑って返すしかない。横で王子沢がアーアって顔してるけど——おれ今、同僚と揉める元気ねーのよ。わかってよ。

「おーい。吾妻、ホーセンの社長さんから電話だぞー、二番な」

「うぃーす」

そういえば、そろそろ社長の息子さんが研修から戻ってくる頃だな。

「はい、代わりました、吾妻です。あ、ども、お世話になってます！　……ええ。ええ、はい……

……え、あの時お借りした資料ですか？　はい、私のパソコンにならまだあるかと思いますが……

……あれ、それはお困りですね。では確認して折り返しお電話致します。ええ、十五分もあれば……

……はい、失礼します」

王子沢が「どうしたよ」と聞いてくる。あそこの社長とはこのお調子男も面識があるんだ。

「うん、半年前にさ、ホーセンから特別に借りた水産のデータがあっただろ」

「ああエビ?」

「そうそう。あれって社長が個人的に提供してくれたやつなんだけどな。社長のパソコンがお亡くなりになったんだって。で、データのバックアップ、取ってなかったんだって」

「復旧出来ないのか」

「すぐにはムリだろ。OSごとポシャったそうだから……おおお、あったあった。よかったー、取っておいて。なんか行政絡みで急に必要になったらしいんだよ」

へえ、恩返し出来たじゃん、と王子沢が言う。

そうなんだ、あの時はこのデータにずいぶん助けられたもんな。しかしマシンって突然壊れるからコワイよなー。あ、おれもMOに落としておこうっと。よいしょ。

電話をかけなおして、データがあったことを伝えると、社長は心底ホッとした声を出した。息子さんも戻ってきたそうなので、データともどもこちらからまた伺うことにする。

『悪いね、吾妻くん。取りに行こうか?』

「いいえ、その節は大変お世話になりましたから、これくらいなんでもないです。いつ御伺いすればよろしいでしょうか?」

『三日後でどうだろう。昼飯でも一緒にしよう』

「ありがとうございます。うちの時任もご一緒してよろしいでしょうか?」

もちろん、と社長は答える。電話を一度保留にして、時任のスケジュールを確認した。

「はい、お供します」

爽やかな笑顔の返事を聞いて、社長と時間を約束して電話を切った。

「ホーセンの社長さんは、吾妻先輩がお気に入りなんですね」

「んー。そうなのかな。いろいろと助けてもらってるから、ありがたいよ」

「吾妻先輩、そんなにあそこに貢献してるんですか？」

貢献っていうような貢献は……雑多な仕事は色々したけど。でも数字に明確に出るような仕事はしていないよなぁ……他部署との繋《つな》ぎくらいかな。

「前期の資料見る限り、そうでもないですよね。でもお気に入りなんだ……そういうこともあるんですねぇ」

あれれ、おまえ、そんな資料まで引っ張り出してきたのか。まあ、やる気の表れなんだろうけど……ううん。

「だから。吾妻の人柄なんだよ。そんなこともわかんねーのか新人」

禁煙パイポを銜《くわ》えたまま、土子沢が実に不機嫌な声を出した。滅多に話しかけられない時任が、エッという顔でおれの隣の席を見る。少し口を尖らせて、でもまだ笑みを多少は含んだ声が反論する。

「でも王子沢さん。人柄だけでいい仕事が出来るってもんでもないでしょう?」

ジロリと王子沢が上目遣いで時任を睨んだ。こ、こえぇ。アンタそんな顔も出来る人だったんかい。いっつもヘラヘラしてるからわかんなかったよおれ……。

「なんだよその、いい仕事ってのは。説明してみろよ」

「簡単ですよ。利益の問題です。僕たち営業は、儲《もう》けなきゃ話になんない。単純明快でしょう? ねえ吾妻先輩」

「へ? はあ、まあ、そうだけどさ」

あんましそういうの、考えないんだよ。考えている余裕がまだないの、実は。

「薄っぺらだな」

フン、と王子沢が鼻から息を吐いた。

「なんですか、それ。どういう意味ですか」

「そのまんまだよ。薄っぺらいんだ考え方が」

やれやれ、といった風情で王子沢が立ち上がる。伸びやかな痩身——うん、王子沢がバレエ続けてたら、きっとキャーキャー言われるダンサーになっただろうな。なんだっけ、ええと、和泉さんが言ってた……ああ、そう、ダンス・ノーブルってやつがあるんだよ。

「時任、ケツに蒙古斑《もうこはん》ついてんだろ、まだ」

……ただし、口を開かなきゃだけど。

「しっ……失礼、だなぁっ。……じゃあ、王子沢さんのいい仕事ってなんなんですか、説明してくださいよ！」

さすがに時任がキレかかってる。あれあれ、みんなの注目がこっちにきちゃってるぞー。おーい、ここは会社だぞー。ケンカしちゃだめよキミタチ。

「ンなこと、おれが知るか。おれはいい仕事なんかに興味はねーよ。おれがしたいのは楽しい仕事だ。吾妻、ちっと一服してくる。ウチの課長戻ったら適当に言っといて」

「あ。ああ……了解」

サラリィマンはァ気楽な稼業ときたも〜んだぁ♪

そんな古い歌を口ずさみながら、王子沢が部屋を出ていく。時任は顔を真っ赤にしたまま、逆方向の裏階段に向かった。あーあァ。

王子沢もキツイなぁ……あの優しげな顔で言うから威力倍増なんだよな。

ちょっと待てよ。なんかもともとはおれの話だったような気がする。

そんでどうして王子沢と時任があんな小競り合いになるんだ？　そうか、王子沢がおれをフォローするようなことを言ったからだ。

よっぽど時任が気に入らないんだなぁ。

「すんません、お騒がせしました」

周りの人に頭を下げたら、隣の課の主任さんに
「吾妻くんも大変ねぇ。周りがみんな個性的で」

と同情されてしまった。たぶん、周り、の中には伊万里なんかも入っているんだろうなぁ。

まあ、大変だけど。

会社って色んな人間が集まってこそ成り立つんだから、それはしかたないのかもな。

そう思いながら、おれはＦＤにホーセンに持っていくデータを落として、それを封筒に入れてから、一番上の引き出しにしまい込んだ。

そう――――しまい込んだはずだったんだ。

3

「ない？　なくしたのかおまえ？」

工藤課長の言葉が、心臓にずん、と刺さる。

「──そ……そうみたい、です」

ホーセンの社長と電話した翌日。おれの引き出しからは忽然《こつぜん》とＦＤが消えていた。

封筒ごとなくなっていたのだ。

「ハードディスクから、また落としこめばいいだろう」

「そっちの───ファイルも、ないんです……」

課長のまばらな眉毛が、形を険しく変える。

「まさかおまえ。バックアップは取ってあるんだろうな？」

「それが……昨日、取ったはずなんですが………」

「仕事にハズって言葉は、いらねえんだよ吾妻ッ！」

ビリビリッと、鼓膜が震えるような怒鳴り声。

部内の全員が、こっちに注目する。

こめかみに、汗が流れる。熱くも寒くもない温度になっているはずの部屋で。

「申しわけありません」

どうしても、声が震えた。

「おれに謝ってどうすんだ。ホーセンさんはそのデータ待ってんだろうが」

「はい……」

「それはどれくらい重要なんだ、先方にとって」

「はっきりとは伺ってないです……作り直せないわけではないらしいですが、時間と人員がかなり必要になるらしくて――」

おれの顔、きっと青い。課長に怒鳴られるのは慣れてるから平気なんだ。ショックなのは、自分がこんな初歩的なミスを……データをなくしちまうなんてミスをしでかした事実だ。

しばらく思案げな顔をしていた課長は、結局こういう結論を出した。

「とにかく、探せ。机もハードディスクも、徹底的に探せ。最悪見つからなかった場合……もともと先方も自分がなくしたデータなんだから諦めてくれるかもしれない。だが、昨日はあったはずのものが突然なくなったなんてのは、たとえそれが本当だとしても、不審に思われるのは避けられんだろう――いよいよややこしい話になったら、おれが出向く。とにかく今日は探してみろ」

おれは言葉もなく、頭を下げた。

そう。怖いのは、せっかく築き上げた信頼関係に亀裂《きれつ》が入ってしまうこと——それは会社の損失に繋がる。

がっくりと席に座ったおれに、課長が付け足した。

「吾妻。今後はデータのバックアップは細心の注意で完璧に取れ。ったく、こんなこた、常識だろうが。最近じゃ新入りにだって言わんぞ」

「わかりました。すみませんでした」

いててて。

また胃に焼けつくみたいな痛みが走る。なに、おれって虚弱になっちゃったのか？　こんくらいでなに胃痛起こしてんだよ。情けねー。バカだな吾妻太陽。

バカだ。

ホントに。

伊万里にだって、いつもいつも聞かれてたじゃないか。バックアップを定期的に取ってるかって。面倒でもきちんとやれよって。

どうしようもないバカだ。

——ちくしょう……ちくしょう………

どれくらい、探しただろうか。

日中に最低限の仕事を片づけ、昼もろくに食べず、残業時間になり――時任は定時でさっさと帰っていった。

九時をまわり、探す場所もなくなった。

机の中のものを、全部ぶちまけた床にしゃがみ込んで、おれはぼんやりしていた。部屋ではまだ数人は残っているが、とても静かだ。

別の部署に行っていたらしい王子沢が戻って、おれの横で同じようにしゃがみ込んだ。

「出てこないんだろ」

「うん……」

「全部探したんだろ」

「ん……」

「吾妻ァ。飲みにでも、行くか」

「でも、まだ……」

「これだけ探してダメなら、もう、出てこないぜ」

「……そう……だよな……」

外は土砂《どしゃ》降りの雨だった。

おれの気分とあまりにマッチングしていて、笑えるくらいだ。ちょっと歩いただけで、スラックスの裾《すそ》が雨を吸う。通り過ぎたタクシー乗り場では、何人かが空車を待っていた。

雨の日は、なるべく歩きたくないもんな。

おれも、脚が、すごく重たいや。

「いて」

「どうした」

王子沢が傘を重ねて、おれを覗き込む。

「紙で、切ったみたいだ」

指先に細い糸のような赤。血は乾いている。今まで気がつかなかった。

「吾妻」

王子沢がおれの指を見ながら、梅雨の空気でも含んだように重たい声を出した。

「おれ、見てたぞ。おまえがMOにバックアップ落とすところ。ちゃんと、処理してた」

「……だけど」

「だけど、なくなっている。ヘンだよな。ＦＤもない。ハードディスクにもない。バックアップもなくなる。こんなの、普通、ないぞ」

「――普通じゃないんだろ……おれのバカさ加減は」

「そういう話じゃない」

バラバラと傘に雨が当たる音と、王子沢の声が重なる。

「でも、とにかく、ないんだ」

自分に言い聞かせるためにそう答えた。

「わかるだろ王子沢。どうしてなくなったかより、なくしたこと自体が問題なんだ」

そう考えないと、逃げをうってるみたいで、ますます情けない気分になりそうだったんだ。

王子沢の返事はない。駅までふたりで黙々と歩く。

「どこ行く？」

駅に到着してそう聞いた。会社近辺は避けたい気分だ。王子沢がちょっと考えて
「浴びる感じで飲みたいんだろ、どうせ。酒買って。おまえの部屋に行こうぜ。そのほうが安上がりだし、潰れても安心だ」

と提案してきた。正しい選択だ。

大トラと化したおれを運ぶ手間がないもんな。

コンビニに寄って、アパートに着く頃には、膝から下はびしょ濡れになっていた。

王子沢が勝手にタオルを使っている。あっ、おれが密かにお気に入りのヒヨコちゃんタオルで足を拭きやがったな……。

狭い部屋の安物テーブルに並ぶ缶ビール。つまみは王子沢チョイスだったので、全然お洒落《しゃれ》じゃない。柿ピーにスルメ、歌舞伎揚《かぶき》げは……おれも好きだから許すけど。

ビールにすぐ飽きて、途中からはこないだ実家から持ってきた吟醸酒《ぎんじょうしゅ》になったんだけど、こんないい酒開けなきゃよかったよ。なんかすでに味わかんないや、おれ。こんな飲み方したら、親父に殴られそう。

でも今夜は酒に逃げさしてもらうよ。たまにゃ、いいだろ。

「ヤダヤダ。会社いきたくなーーーい。ホーセンの社長に合わす顔なんかねーーーよーー」

「だーかーらー。たいしたことじゃないっつーの、吾妻」

「あにょにゃ王子様よ。おれはもともとたいした仕事は出来てないのよ。そっからヒカクするにぃー、このポカはでかいの！」

「わあったから、耳元で怒鳴るなっつーの。だいたい、一番なくしたらまずいデータほどなくすんだよ。世の中ってのはそうしたもんなんだ」

「そんな世の中はイヤだ！　責任者出てこーい！」

「うるさいってばよっ。ったく、ホントはこれって伊万里の役割だよなぁ」

伊万里。

今、伊万里ってゆった？　ゆったゆった？

「おうじしゃわくん」

「呂律《ろれつ》まわってねーぞ吾妻」

「あにょさ。こないだのダンサー柳田だけどさ」

「なんだそのネーミングは。捻《ひね》りもなにもあったもんじゃねぇな」

「あにょさ。あのひと、どういうひと？」

「どういうって……こら、寄りかかるなよ、重いだろうが」

「ぬぁんかさ。色気のあるひとだったよにゃ」

あれれ。上体がどうもぐらつくわ。すまん王子沢。ちょっと支えになっててくり。そんなに逃げなくたっていいじゃないの。冷たいわねおにーさん。

「ダンサーなんだから、色気なくちゃしょうがないだろうが。ふだんはあっけらかんとしてるけどな」

「ほえ。ダンサーは色気がいるのか？」

「いい踊り手ってのは、官能的なもんなんだよ」

「観音的《かんのん》？」

危ない手つきで一升瓶を持とうとしたおれを、王子沢が邪魔する。

「観音じゃねーよ。おい、ちょっと休憩しろ吾妻。おまえの上限越えてるぞ」

「なに言ってんら。おれは酒屋の息子にゃぞォ。次男坊らけどにゃ」

「酒屋が酒豪とは限らねーだろっての。あっ、こらっ」

返せよーう。おれの吟醸酒かえせぇ〜。

「手ェ放せっつーの吾妻！」

「うあ〜」

揉み合ってるうちに、おれは仰向けに転がってしまった。王子沢の腕を摑んでたもんだから、奴も一緒にコロリン。あっ、一升瓶………は、フタしてたか。

あら。

なんかこの体勢っていやらし。伊万里が目撃したら、また目ェ吊り上げるぞ。でもあいつ出張中だからだいじょーぶ。そ、今頃は梅雨のない北海道。

なんで
なんでこんな時に出張なんかしてんだよ伊万里………ったく、肝心な時にはずしやがってェ。

おかげでこうして、王子沢と……わ、すげぇ近くに顔があるよ王子様。

くちびるちょっと荒れてるぞ。規則正しい生活してないでしょー。せっかく、形のいいくちびるなのにな。ふうん、近くで見てもやっぱいい男じゃん。あ、煙草くさい。伊万里よりもっと吸うもんな、おまえ。

「……柳田が気になるのかよ？」

なにを突然おまえは——マジメな顔でそんなこと聞かないでくれよ。

それ、どういう意味で、言ってんだよ？

「ひとりくらい、恋の悩みを相談出来る相手がいたほうがいいんじゃねーのか吾妻？」

うぐ。やっぱし、そういう意味ですか。

勘づかれてるかなというのは、去年のカニ鍋の時から思ってはいたんだけど……でもおまえなにも言ってこなかったしさぁ。ちくしょ、酔ってる時を狙ってきたなっ。

けどここで、そーなんだよーなんて言えない。いくら酔っててもそんくらいの分別はあるぞ。

だってさ。おれだけの問題じゃないから。伊万里だって——いや、むしろ将来有望な伊万里にとっての方が、ゲイだと露呈《ろてい》した時の痛手は大きいだろう。

「……なに言ってんだかわかんにゃい」

「そらぞらしいぞ吾妻。おまえはなにからなにまでツラに出るタイプなんだよ」

「なんのお話ですかー」

「柳田はゲイだぞ」

「うそっ！」

「ホント。隠してもいないし。ゲイだのバイだの、あっちの業界じゃ珍しくもないけどな」

……そうすると……やっぱし、伊万里と昔……

「ほーら。すぐツラに出るんだおまえ」

「てっ、てめえ、カマかけたのかっ」

「んな面倒なことしねーよ。柳田はゲイだし、伊万里とおまえはつきあってる。シンプルな真実がおれは好きだ。誰にも言わないって。信用しろって」

「……そ……そんなんじゃないよ、おれたちは」

うわ、声が上擦ってら。

おれって絶望的に嘘つくのが下手だな――もちっとズルイ大人にならんといかんのかなァ。

「信用しろってーのに。この王子沢様が、ゲイだのホモだのレズだのくらいで動揺すると思ってんのかよっ。そんな器のちぃせぇ男じゃねーぞ！」

いてっ。そんなに強く、腕掴まないでくれェ。

信用してるとかしてないとか。そういうこっちゃないよ。こんな話に突然なって、動揺しないほうがムリだろーが。

そりゃ、王子沢のことは、これでもわかってるつもりだよ。顔に反してオッサンくさいことも、ヘラヘラしてるけど実は口が堅いことも、手を抜いてるような素振りで肝心な仕事は完璧に熟すことも……根がすごく優しい男だってことも知ってる。

一年以上も隣の席で見てるんだ。わかってら。

おまえは、いい奴だよ王子沢。

「吾妻……おまえ、そんな……子犬みたいな目で見つめんなよ」

「こいぬ？」

「うあ。やべ、おれも酔ってんだなこりゃ……」

「おまえ、酔ってるとおれが犬に見えんのか？　目医者行ったほうがいいぞ？」

「うるせ。おめーは犬コロっぽいんだよっ」

「わんわん」

「吠《ほ》えるなッ。だから、伊万里とはどうなんだよっ」

「わわん？」

「おまえな〜。くそ…………」

えっ？

あ、なに？

えええええええええっ？

「おうじさ、……………んっ…………！」

かさついた、くちびるの感触。

押さえられた肩。

いったい何事だ。どうして王子沢がおれにキスかましてんだ？

「……おま、なに、す……う……」

ひあっ。ベロ入れるなッ。うわっ、なんで、ちょっとたんまたんま！

「くふっ……」

しまった。くちびるの隙間から、息が漏れて、なんかヤベー音だった。

そんなんじゃない、そんなんじゃないんだぞっ。おれはひたすら驚いているだけで、変な意味で反応しているわけじゃなくて——。

こ、こいつ、キス上手い……伊万里といい勝負かもしんない……。

すごくゆっくりした、舌の動き。

歯の付け根を擽《くすぐ》るのは反則だ。おれ、そこ弱い……。

人が脱力した瞬間を逃さずに、深く絡めてくる。舌が少し乱暴になった分、肩を押さえていた手が外れて、おれの髪の間に指が差し入れられる。

親指だけが器用に、耳を擽《くすぐ》るように動く。しばらく耳たぶを弄《いじ》って、手はスッと首の後ろに移動する。

あ。

うなじは――――かん、べん、してくれ…………

慰めながら、それでも相手を奪い尽くすような、そんなキスだった。

最後にちゅっ、と音をたてくちびるが離れていく。かさついていた表面が、おれの唾液を吸って濡れていた。

「――お……」

「どうよ。伊万里とどっちがうまかった?」

にや、と王子沢が笑う。

てめ~。なんだよそれは!

「ど、ど、どういうつもりだよっ」

「今のは口止め料だ。前払いでいただきました」

やっとおれから離れて身体を起こし、王子沢が煙草に火をつけた。ん? なんかおまえの手、ちょっと震えてないか?

「い、意味わかんねーよっ」

「だから。相談しろよおれに。誰にも言わないぜ、もう口止め料もらったから」

「そんっ、そんな横暴なのあるかよ！　ちくしょー絶対言わん！」

「あ、そう」

プカーと、王子沢が煙のわっかを作る。

「なら、おれ、言っちゃお。吾妻とべろちゅーしましたって、伊万里に」

……待て。待て待て待て、ちょっと待て。

「吾妻は耳とうなじが感じるみたいだなあ、って言ってみようかな～」

「おまえ、こ、殺されるよ？」

「やっぱそういう仲なのか」

あ、あれ？

「て……てっめ――、カマかけたりしないって、今さっき……」

「あら、あたし、そんなこと言ったかしら？」

この大嘘つき野郎め！

おれはそのへんに放ってあった新聞を丸めて、王子沢をボコボコ攻撃した。

「いて。いてててて、やめろ吾妻。わかったよ、悪かったって。冗談だよ、言わねーよ伊万里になんか。おれだって命は惜しいってば」

「ハーハーハー。ひ、人をからかうのもいいかげんに、」

「そんな怒るなよ。前はおまえからおれにしたんだぞ。舌だって、おまえから入れてきたんだ」

「そっ、あれは、酔っぱらってて！」

んで、伊万里と王子沢を間違えたんだよなおれって。去年のクリスマス。バカだよなー。

「酔ってたって酔ってなくたってキスはキスだ。変わらん。そんなに騒ぐなよ。ったくおまえって、可愛いんだよなー」

なにを言ってやがるっ。男がカワイイなんて言われて嬉しいと思ってんのかッ。

「伊万里もそう言うだろ？」

い、言うけどさ。でも、それは……その。

おれはうまい返事もいいツッコミもナイスなボケも思いつかなくて、しかたなく視線を逸らした。負けてるかもしんない。

「伊万里と柳田はなんもないと思うぜ」

――――そうかなぁ。

「柳田は今のバレエ団に恋人いるってさ」

え、そうなの。そうなのか。そうだったのか。などと安心した顔しちゃうと、また王子沢になに言われるかわかんないぞ。

「伊万里はおまえばっかし見てるしな。もうちょっと気をつけないと、勘づくやつ出てくるぜ。特に女の子は鋭いからな」

「……おまえだって、鋭いじゃんか」

はあぁ……観念しよう。ばれたのが王子沢でよかったんだ。

「おれ様を誰だと思ってんだ。恋愛沙汰なら百戦錬磨《れんま》だぜ。しかも国籍問わず」

「………性別は、問うだろ」

「あー。でも、てっきり女の子だと思って途中までやっちゃったことはあるけどなー。ありゃチェンマイでだったかな?」

「へっ?　マジ?」

「うんうん。カワイイ顔してたんだよなー。結局クチでしてもらっちゃった。うひひ。そんなに違和感なかったぜ。驚いたけど、萎えなかったし」

王子沢……おまえって、スケベに関しては垣根低いんだなァ。

「タイはそっち系多いんだよ。おれはそもそも色恋には制限なんかないって考えだし、おまえたちのことも、まあ数ある恋愛形態のうちのひとつとしか思わねーよ、おれ」

「………おれはそこまで達観《たっかん》出来てないかも」

当事者なのにな。いや、当事者だからなのかな。

バレるのは、すごく怖いよ。

おかしいよな。伊万里をこんなに好きなのに、堂々としていられないなんてな。

伊万里を気遣っているだけじゃない。自分の保身だって、当然考えてる。少なくとも、親には言えない。

「それはなんとなくわかるよ。おまえはもともと違うだろ。伊万里が手ェ出したんだろ？」

「手ェ出したっていうか――いや、ちゃんと合意の上だけど」

「合意ねぇ〜。あいつテクすごそうだもんな〜。王様ゲームで腰ぬかしてたじゃん、おまえ」

それもお見通しでしたか……。はずかち……。

うーん、と伸びをして王子沢がゴロリと転がった。緩めたネクタイが床に流れた。軽いイエローのタイはこの男によく似合っている。

おれはとっくに水玉《ドット》のネクタイを取っちゃったんだけど、どうなんだろ。

ネクタイが、少しは似合うようになったのかな。サラリーマンの戦闘服をまとって一年だけど、多少はしっくりくるようになったんだろうか。

自分ではよくわかんないや。

「伊万里ってよ、ああ見えてけっこうさみしんぼうだったりすんのか？」

「……どうかな？　まあ、そういうとこもあるかもしんないけど」

「あいつ、表情貧乏だからな。いっつも同じ顔してっけど、実は喜怒哀楽が激しいんじゃないかとおれは睨んでんだ」

それは当たりだよ、たぶん。

「きっと、あれだな。表現が下手なんだな、家庭環境に問題でもあったんだろうかねぇ」

そんなの、おれに聞かれても困るんですけど。

「伊万里って家族の話しねーもん」

「へえ。そうか……したくないんだなきっと。あれだな、厳しい両親に抑圧されて育ったってやつかな?」

「ああ、あり得るかもな。エリート一家で、完璧でないと認められない子供だったとか」

それそれ、と王子沢が煙草を銜えた。灰皿はシンクから持ってこないとないぞ——あ、携帯灰皿持ってんのか。

「そういう環境で育つと、あんな鉄面皮が出来上がるってことか。まー、あいつがニコニコしてんのも、なんか不気味な気はするけど」

不気味、はないだろ。笑っても、なかなかいい男だぞ。

たまにさ……朝、おれがぼんやり目を開けると、すぐそこに伊万里の顔があってさ。

あいつはもうくっきり目覚めてて。

おれを見つめてんだよ、じいっと。

オハヨ、って言おうとしてそのままフガ、なんてあくびすると、伊万里がすごく幸せそうに笑うんだ。おれを見て——優しく笑うんだよ。そういう時は、すごく伊万里のことがわかったような気分になるんだけどなぁ……今はさっぱりわかんない。

「ふー。泊めてけよ吾妻。さっきコンビニでパンツ買ったから……なんかこないだも同じことしたなぁ、おれ」

あ、おれが風邪でダウンした時ね。どうも、その節は、ハイ。

「泊まってくのはいいけど、朝メシないぞ」

「食わねーよ、もともと」

「ならいいけど」

なんだか驚いたら酔いが醒めてきた。今何時なんだよ……十二時前?

九時間後には、また会社行ってるのか、おれたち。

なんか、そう考えると……人生のほとんどが会社なんだな、サラリーマンって。あ、OLも同じだよな。最近は結婚退職減ってきてるし。

「吾妻」

「うん?」

「時任には気をつけろよ」

「…………なんで？」

寝転がったままの王子沢が、じっとおれを見る。

「時任はおまえのこと、好いちゃいないぜ」

「ああ。知ってる」

いくらおれが鈍感でも、最近はわかるよ。あいつはおれなんか先輩と思っていないんだ。他のみんなを「さん」で呼ぶのに、おれだけ「吾妻先輩」なのは、あれはなんなんだろうな。一種のイヤミか、カモフラージュのつもりか。

「しようがないよ。おれみたいなの、気に障《さわ》るって人はたまにいる」

「まあな。世の中のすべての人間に好かれるってわけにゃいかねーよな」

「……そういうこと。あれ。でも、王子沢って、敵いないじゃんか」

「バカ言え。女に刺されそうになった過去だってあるぜ」

「そりゃおまえ、悪さしたからだろ」

「してませんよォ？　ただ、人の心は変わるっつーことで」

「ひでぇ」

おれは笑った。

「ひでぇだろ？」

王子沢も笑った。

本当は笑い事じゃないのかもしれないけど、でも他にどうしようもなくて、とりあえず今この時間を流すために、おれたちは笑った。

だって、明日も会社だしな。


消えたデータは見つからないまま、ホーセンに出向く日になってしまった。朝一番で電話を入れたのだが、社長はまだ出社してなくて連絡が取れない。

顔を見て「なくしました」と言うのは辛いんだけど——しかたない。どのみち出向いて頭を下げなければならないんだし。

「おい。時任は今日は残れ。吾妻だけでいい」

課長の言葉に、時任が首を横に振った。

「いえ、おれも一緒に謝ってきます。今は吾妻先輩とおれと、ふたりの担当なんですから、一緒に頭下げてきます」

「そうか。なら行ってこい」

さて。これはどう取るべきなんだろう。

時任がいい奴なのか。あるいは、おれが頭を下げるところが見たいのか。結局、探すのを一度も手伝ってくれなかったんだよな、こいつは。

おれが小さく「ありがとうな」と言うと、気にしないでくださいと微笑む。相変わらず礼儀正しいのには変わりがない。

重い足取りで……気分的には引きずるように脚を動かして、おれはホーセンに出向いた。

社長、がっかりするだろうなぁ……データあった時、あんなに喜んでくれたのになぁ……。なんかおれに手伝えることがあればいいんだけど――でも所詮《しょせん》は部外者だし、手伝わせてくれなんて申し出ても、迷惑なだけかもしれない。

「お、来たね吾妻クン。なに、どうした。顔色悪いぞ。へんなモンでも食ったか？」

「社長……」

いつもの社長室で、おれは身体をまっぷたつに折った。

「申し訳ありませんッ！　データを紛失してしまいました。私の不手際で、消えてしまったんです。従って、本日お持ち出来ませんでした。誠に――申し訳ありません！」

横にいる時任も、一緒に腰を折ってくれた。

沈黙。

頭下げっぱなしのおれには、社長の顔が見えない。

う、なんか血が下がってきた……頭いくらなんでも下げすぎだったかも……。

「あ、あれね。あったんだよー」

は？

今、なんて？

「ほらほら、ふたりとも頭上げて。いいのいいの、もともとウチがウチのデータなくして騒いでただけなんだから。いやー、うちの優秀な秘書がね、ちゃんと僕の個人マシンのバックアップも定期的にしてくれてたのをすっかり忘れてたよ」

「あ——あった、んですか」

カックーンと、膝から力が抜けそうになった。

「すまんかった。すぐに連絡すればよかったのに、うっかりしてたよ。今日はほら、息子に会ってもらうほうがメインだと思ってたもんでな」

すすめられて、接客用のソファに沈む。

はー……指先が急に暖かくなってきた。今までかなり緊張してたんだなおれ……。時任も唖然とした顔になってら。

「よかったぁ……あったんですね……ああ、よかったぁ」

「いやいや余計な心配かけちまったなぁ、吾妻くん。ほんとにすまん」

社長が頭を下げるのを慌てて止めた。

「いいんです、そんな。あったなら、なにも問題ないんです。安心しました。せっかくお役に立てると思ったのに、突然データを紛失してしまったものですから、どうにも動揺してしまいまして――ああ、よかった」

「そんなに気にしててくれたのかい……嬉しいねぇ」

社長はしみじみ言う。

「ほら、おたくなんか大きい会社だから、ウチみたいなとこはあんまり相手にされないかと思っていたんだよ、最初は。けどね……吾妻くんは本当に真摯《しんし》に接してくれる。息子にも見習わせたいよ」

うわ、照れますよォ、シンシだなんて。おれそれ漢字で書けないし。

「そういえば、ご子息は私と同じ年でしたね」

時任が話題を変えてくれて助かった。このままだと耳まで赤くなるとこだよ。

「うん、そうなんだ。時任くん、だっけね。このあいだきみの名刺を見せたら、息子がとても喜んでいたよ。仲良くしてやってくれ」

「あ、はい。もちろんですが……喜んでいたというのは？」

「なんでも昔の同級生だそうで………お、佳巳《よしみ》、こっちだ。ナノ・ジャパンさん見えてるぞ」

時任の顔が、スッと青くなった。

本当に、一気に。青い刷毛《はけ》で顔を撫でたみたいに、だ。こんなふうに人間の顔色が変わるのって、おれは初めて見た。

「すみません。遅くなりました」

ふーん、似てないなぁ、社長と。三つ揃いの背広ですか。社長は作業服の時だってあるのにな。いや、似合っていなくはないけど。なんか、つまり、水商売みたいだよ？

「おー、時任。おまえかァやっぱり。久しぶりだなぁ」

時任は目を見開いて、固まっている。――――どうしたんだ？

「はじめまして。吾妻太陽と申します。いつも社長には大変お世話になっております。時任のことはご存じなんですね？」

名刺を交換しながら聞いてみた。時任は言葉は出ないものの、震える指でなんとか名刺を出そうとしている。

「ああどうも、息子の佳巳です。息子、といっても僕は再婚相手の連れ子というやつでして。以前は名字が違ったんですよ。だから時任も気がつかなかったんでしょう。だよな？　中坊ン時、あんなに仲良く遊んだもんなぁ」

　バン、と豊泉息子は時任の背中を叩く。無遠慮なほどの力だ。

「ふーん。時任はナノ・ジャパンさんにねぇ。頭よかったんだなー、おまえって。へーえ、エリート街道まっしぐらってかぁ」

「おいおい佳巳、失礼だぞ」

　ちょうどそこで社長に電話が入った。秘書さんに呼ばれて、隣室に行ってしまう。それを見届けて、息子がぞんざいにソファに腰掛けた。どぉぞォ、と言われておれたちも座る。

「時任とは中学で？」

「ええ。一緒でしたよ。もぅ、時任くんには、さんざん世話になって。ククク」

　──すごく嫌な笑い方をする男だな。

「ほーんと、時任くんとの思い出ばかりですよ、中学時代は。おまえ、なんで転校しちゃったんだよ時任〜。すごくさみしかったんだぜぇ？」

　いきなり、時任が立ち上がった。

　顔面蒼白で、今にも吐くんじゃないかっていう顔色だ。

「──お……おれ、帰ります」

「帰るって……おいっ、時任？」

慌てておれも立ち上がる。時任は逃げるように——いや、ように、じゃなくて、逃げた。背中を向けたきり、挨拶もなく走って逃げたんだ。

「あの、申しわけありません。時任は具合が悪いようです。本日は失礼致しますので、社長によろしくお伝えください。私から、のちほどお電話もさせていただきますので」

いくらなんでも様子が変だ。営業先にはそつのない時任の行動とは思えない。

「ああ、そうですか？　まあいいですけどね。でも時任くんてば失礼だなぁ。うちが小さい会社だからって、あの態度はちょっとねぇ」

「本当に、申し訳ありませんでした。改めてお詫《わ》びに伺わせますので」

「僕が近々行きますよ。ゆっくり話もしたいしね——そう言っておいてくれます？」

「わかりました」

何度も頭を下げて、おれもそのままホーセンを辞した。せっかくランチをする予定だったのに、社長には申し訳ない。でもあの息子は——なんか気にくわん。

外に出ても、時任の姿がない。

地下鉄の駅まで戻ったが、そこにもいない。先に帰社したのだろうか。

時任がおかしくなった原因は、間違いなく豊泉佳巳だ。なにしろあの息子が出てきた途端に別人みたいになっちまったんだから。

「時任、戻ったか？」

会社に戻ってすぐ、王子沢に小声で聞いた。

「……いや。戻ってないと思うぞ。おれは見てない。なんかあったのか」

「なんかあったんだと思うんだけど、わかんねーんだよ」

「おい。説明になっとらんぞ。とりあえず、おまえンとこの短気課長は会議に行ってるけど」

おお、それは救いだ。今のうちになんとか時任の居場所を確認しないとな。

「吾妻くーん。3番に電話よ、時任くんから」

「あっ、はい！」

急いで受話器を上げる。

「吾妻だ。おまえ、どうしたの。どこにいんの？」

『………おれ……気分悪いんでこのまま帰ります………』

電話の向こうに喧噪《けんそう》が聞こえる。街中からケータイでかけてるんだな。

「大丈夫かよ？　おまえ、昔、社長の息子となんかあったのか？」

『………担当、外してください……』

「それはおれに言われても……課長の采配《さいはい》だからなぁ」

『お願いです……ホーセンの担当外してください……』

「だから、課長に相談しないと――そうだ。あの息子、おまえとゆっくり話したいから、そのうちこっちに来るって言ってたぞ？　なんなんのよあいつ？」

ブツッ。

「……もしもし？　おい、時任？」

ツー、ツー、ツー。

返事のないまま、通話は切れた。泣きそうな時任の声が、耳の奥に引っかかってる。

「時任、なんだって？」

「具合悪いから早退するって。けど……うーん………」

どうしようか。課長に報告するべきなんだろうか。

しかし、報告のしようがないよな。訪問先で突然青ざめて帰ったんです――これじゃあ訳わからん。

その後すぐ、社長に詫びの電話を入れたところ先方はさほど気にしていない様子だった。

逆におれは息子のことでグチを零されてしまった。出来れば跡取りにしたいらしいが、仕事に対する態度に問題を感じているらしい。実の息子ではないので社長にも遠慮があり、息子も心を開いているとは言い難いようだ。

『難しいもんだねぇ、こういうのは。吾妻くんみたいな息子がいればなぁ……』

溜息混じりで言ってた。どう返事をしたものか、戸惑ってしまう。

社長も大変だよな。おれに似た犬なら、いるのになぁ。


「アチチチチ。吾妻に似た犬?」

「フー。フー。そ。その社長さんとこにいるんだってさ。こないだおまえも言ってたよなぁ、おれが犬に似てるって、はふ」

「ああ、子犬な。ズルルルルル。おまえ、目がでかいし」

王子沢と屋台のラーメンを啜《すす》りながら今日の話をしていた。

今夜は出張から戻った伊万里と会う予定だったんだけど、なんか用事入ったんだと。ちぇっ。しょうがないので、溜まっていた伝票整理なんかして、あれ、と思ったら九時過ぎてて、隣を見るとやっぱり王子沢もハラヘリ顔になっていたわけだ。なに食う、と聞いたらラーメン気分と言うのでつきあった。

雨は降ってないけど、梅雨寒《つゆざむ》で気温が低い。ラーメンには適した環境のはずなのに、おれの胃はあんまり喜んでいないみたいだ。なかなか調子が戻らない。今度胃薬でも飲んでみるか。

「王子沢ちゃん、ほら、このお姉ちゃんたちにアレ見してやってよ」

ゆであげた麺《めん》をちゃっちゃっ、とリズム良く湯切りしながら屋台の親爺《おやじ》が言う。王子沢はここの常連らしい。

「ん？　あれっスか？　フフフ、お姉さんたち、見たいですかぁぁぁ？」

見たい見たぁい、と騒ぐのはおれたちの隣でラーメン食べているOLさんふたり組。少し顔が赤いから、飲みの仕上げのラーメンだろう。

でも、アレってなんだ王子沢？

「おれのは、スゴイよ。半端じゃないよ？　ちょっと待っててね、ラーメン食っちゃうから」

いやーん、ドキドキするぅ、前から聞いてて、見たかったの〜。と、OLさんがワクワクぶりを発揮する。

「では」

王子沢が、割箸《わりばし》を置いてベルトに手をかけた。ちょ、ちょっと待てよ、おまえ、なにするつもりだよ？　あ、違うのか。ベルトはただ腹が苦しくなっただけか。べっくらした。

一歩下がって、のれんの外に出る。

OLさんたちと、おれも頭を出して王子沢を見守る。

「あらよっ――――と」

「きゃあ、すっご――――い」
うわ、ほんとに、すげぇや………どういう股関節《こかんせつ》してんだ王子沢。
奴がなにをしたかというと。姿勢良く直立したまま、左脚だけを体側に沿ってグウンと上げた
のだ。
つま先が肩位置くらいまでになったら左手を添えて、耳までぴったりと脚をつける。つまり、
つま先は頭より上になって。
柔らかいなんてもんじゃない。ひとり中国雑技団。これって、昔バレエやってましたってレベ
ルじゃないだろ。実は、かなり最近まで続けてたんじゃないのかおまえ?
「よいしょ、と。はい失礼しましたー」
ワー、パチパチパチ。
OLさんと一緒になって手を叩いてしまった。その拍手が終わると同時に
「ひゅー、恵、まだ柔らかいじゃん」
憶えのある声の、そんなセリフ。いつのまにか増えていたギャラリーに、王子沢は悪戯が見つ
かった子供みたいに、少し慌てた。
「わ。な、なんだおまえ。なにしてんのよ、こんなとこで」
「見たゾ見たゾ～。驚異の股関節男め～」

柳田カイリ、だった。

「お。吾妻くんもいたんだ。こんな遅くまで仕事？　大変なんだなぁ」

「はぁ。まあ……」

ざっくりした綿のセーターにペインターパンツ。なんてことないもの着てるんだけど、立ち姿が綺麗だとすごくお洒落に見えるんだなぁ。あ、首が長いのもあるか。ダンサーって首短い人はまずいないもんな。

「おまえ、まだ日本にいたのかよ」

「ああ、せっかくこっち来たんだし、ちょっと休暇もらった。次の公演まで間があるんだ」

「実家に帰ってるのか？」

「いや、まだホテル。今さっきまで敦彦と軽く飲んでたの」

――伊万里と？

急な用事って……この人と会うことだったのか……。

「あいつ冷たいんだぜー。おれの部屋でゆっくり飲もうって誘ったらさ、明日も会社だからなんてぬかしやがって。おれが知ってた敦彦はもっと遊び人だったんだけどな～」

「伊万里はいたってマジメでお硬いぜ？」

視線は向けないものの、王子沢がおれを気遣っている雰囲気はなんとなくわかった。

大丈夫、平気だって。だって、ダンサー柳田は一時帰国しているだけで、またいなくなるんだし、そしたらおれより優先させなきゃいけないのは——理解出来るよ。

頭、ではな。

「へーえ、変わったのかなぁ？　まあ相変わらずの色男ぶりだけどな。会社でももてるんだろ？」

「顔はいいけど無愛想だからな。おれのほうがもてる」

「アハハ、おまえは変わらないなぁ。あ、吾妻くんはもう身体大丈夫なの？　なんか具合悪くなったんでしょ、このあいだ」

「——え、ああ。もう、平気です。ただの風邪で」

「恵が送ってってたんだよな？　吾妻くん女の子だったら、やられちゃってたかもな〜、いひひ。なにしろこいつ手が早いから」

「は。ははは」

つきあい笑いがちょっとぎこちなくなってしまった。キスはやられちゃったけどな。しかし、あのキスがなんだったのか、結局謎のままだ。ただふざけただけにしては、なんともノーコーなキスだったような。

「手の早さでは、敦彦といい勝負だもんな、恵は」

「おい、柳田」

王子沢がなにか言いかけようとしたのを遮《さえぎ》って、おれは問いかける。

「あれ、伊万里って、そんなに手が早いんですか」

「そーそー。しかも飽きっぽいからさぁ。いつも横に違うおと……相手がいたもん。しかも面食いだからカワイコちゃんばっかり」

「へえ……そう、なんだ……」

「柳田、やめろ。昔からクチが軽すぎんだよおまえは。しかも話を大袈裟にするし」

「えー、でも、おれの知ってる敦彦はそうだもん」

手が早い。

飽きっぽい。

いつも隣に違う相手が――

「吾妻。真に受けンなよ、こいつちょっと酒入ってるみたいだし」

やだな。そんな顔すんなよ王子沢。んなこたァいちいち気にしないよ。だいたい、昔の話じゃんか。昔の伊万里がどんな伊万里でも、それは、なんつーか、どうしようもないことだよ。どうあがいたって、昔には戻れないんだし。ドラえもんでもいりゃ別だけどさ。

「おれ――先、帰るわ。また明日な、王子沢」

「吾妻、」

「柳田さんも、頑張ってくださぃ。舞台、すごいかっこよかったです」

「ほんと？　サァンキュッ」

ふたりに手を振って、おれは駅に向かった。

途中で、小雨が降りだす。あーあ。傘会社に置いてきちゃったよ。こないだ風邪ひいたばっかしだし、気をつけなきゃいけないのに。時任の件もあるから、今はとても休めないしな。

……なんだかゴタゴタが続いて、疲れた。

目の奥がズキンズキンいってる。ストレスかも。なんかサラリーマンっぽくなってきたな、そんなとこばっかり。

雨が冷たい。駅の近くで食っててよかった。

改札を抜けたところで、内ポケットの携帯が鳴った。液晶には伊万里敦彦の文字。

どうしてか、出たくなかった。

おかしいな。さっきまで、すごく会いたかったのに。午後の仕事中は、何度もおまえのこと考えたりしてたのに。

夕方になって、用事が入ったって聞いたときはすんごい残念だったんだぜ伊万里？

着メロは鳴り続ける。隣に立ってるオジサンが、なんで取らないんだよって顔しておれを見ている。雑踏に紛れて、手にした携帯をじっと見ているだけのおれ。

メッセージ機能が働いて、携帯が黙った。

伊万里はほとんどメッセージを入れない。機械に向かって喋るのは、好きじゃないんだとさ。

それはみんなそうに決まっている。

ホームで電車を待っていたら、また携帯が鳴った。やはり伊万里だ。おれは出ない。マナーモードに切り替える。

今、伊万里の声を聞いたら、きっとすごく動揺してしまうと思うんだ。

おまえの艶のある独特な声が、おれの名前を呼んだら、混乱するに違いない。そしたらおまえは、すぐにおれが変だって気がついて、問いつめるだろう？　どうしたんだ吾妻、なにがあったんだ、って。

その時、なんて言ったらいいのか、てんでわかんねーんだよ。

柳田カイリに会ったよ、おまえが昔はさんざん遊んでたって言ってたよ、ホントは奴ともつきあってたんじゃないのか？　いったいどういう恋愛遍歴を重ねてきたんだ？　おまえにとってみたら、おれを翻弄するのなんか、赤子の手を捻るようなもんだよな。

——ほら、頭に浮かぶのは、そんな聞いても詮無《せんな》いことばっかり。

本当に知りたいこととはほど遠い。本当に知りたいことは、遠すぎて、おれにだって全然見えてやしない。

こんな気分になるのは、初めてだ。

車窓に叩きつけられる水滴を見ながら、自分の中で伊万里の存在がすごく大きくなっているのに今更気がつく。そうすると、不安になる。

伊万里は、おれなんかでいいんだろうか。

わかってる。情緒不安定なんだ。ホーセンの件とか、時任のこととか。いっぺんに色々あって、さすがのおれもナーバスになってんだよな。時間がたてば、きっと落ち着く。きっと。

小雨を浴びながら、走る気力もなくてとぼとぼとアパートまで歩いた。雨足が強くなっていないのが救いだ。それでもスーツはじっとり重くなる。安物だから、撥水《はっすい》加工がすぐ弱くなる。少し歩調を早めた。熱いシャワーでも浴びて、早く寝よう。

最後の角を曲がった時、アパートの階段の下に背の高い人影を見つけて、おれは目を疑った。

「伊万里？」

「――傘ないのか、吾妻」

「き……来てたのか」

「何度か携帯に電話したんだけどな。おまえ出なかったから――」

「ああ……電車の中だったり……したから」

「そうか」

弱った――なんかタイミング的に、よくない。

でも帰れなんて言えるはずもないし。ここに伊万里がいて、嬉しいのと困ったのと、半々なんだよ。この時間じゃ、泊まってくつもりなんだろうな……おれ、やばい、かも。

「残業だったのか?」

部屋に上がった伊万里がそう聞いた。おれは伊万里用に置いてあるサイズのでかい部屋着を押入れから出しながら答える。

「ん。伝票とか溜まっててさ――で、帰りに王子沢とラーメン食って」

「……仲がいいな」

「あー。最近は夕食をいっつもあいつと食ってるような。ま、隣の席だし――わ!」

いきなり背後から抱きつかれた。

「あの、伊万里、おまえの着替え……」

「そんなの後でいい――触りたい。風邪はすっかりいいのか?」

「うん……だいたい……」

背中に広がる、伊万里の体温。慣れたコロンの香り。うなじに当たる、少し硬い髪。

同じなのに。

いつもと同じはずなのに――おれの身体は強ばったままだ。

長い腕に搦《から》め捕られて、このまま力を抜けば伊万里はきっと上手に抱き取ってくれるのに、それが出来ない。息が詰まる。緊張が解けない。

「吾妻」

耳の下にキスされる。冷えた皮膚の上に伊万里のくちびるが触れて、暖かい。なのに、その暖かさに縋《すが》れない。だめだ。どうしたんだろう、おれ。

考えてしまう。

今まで誰とこんなことしたの？

どうして今はおれなの？

彼とも——柳田カイリとも、したのか？

「吾妻？　どうした？」

「な……なんでもない……」

「なんでこっちを見ないんだ？」

「ちょっと、疲れてんだよ。仕事でいろいろあって」

「いろいろって？」

「いろいろは、いろいろだよ」

「説明になってないぞ吾妻」

自分でもわかってら。でもさ、データなくしたなんてダセーこと、言いたくねーもん。伊万里だって、出張明けで疲れてるんだろうしさ。

伊万里の腕から抜け出して、着替えを渡すとすぐにキッチンに逃げた。

「……コーヒー、飲むだろ」

「吾妻……?」

「あっ……おまえの好きな豆切らしちゃってら。最近スタバ行ってないからさ。ごめん伊万里、インスタントでもいいよな?」

なに早口になってんだおれ。伊万里が不審に思うじゃんか。

ぎし、と床が鳴った。肩がビクリと震える。伊万里が真後ろに立っている。威圧感――そりゃそもそもでかい男だけど、今までこんな威圧感を感じたことはない。

「ミ、ミルクあったかな? 期限切れてるかもしんねーや。あ、おまえはミルク入れないんだから関係ないか。おれもたまにはブラックで……」

「吾妻」

ぐい、と腕をひかれた。痛いくらいの力で。

「い、いま――」

向かい合わせに、その腕に閉じこめられる。伊万里がおれを見下ろしている。怖い。

なんで、そんな、怖い顔してんだよ――。

「なにがあったんだ吾妻」

「なにもねーよ？」

「さっきから、僕を避けてる」

「そんなことないってば」

「――王子沢となにがあった？」

王子沢？　なんで王子沢が出てくるんだ？　なに、伊万里はおれと王子沢がそーゆー関係じゃないかって勘ぐってるのか？

おれってそんなに信用ないのか？

「なにそれ……考えすぎだぞおまえ」

「あの煙草は？」

煙草？

伊万里の視線を追うと、確かにテーブルの上に置きっぱなしの赤いマルボロがある。

「王子沢のだろう？」

「あれは――そうだけど、おれが風邪ひいて……ほら、バレエ見に行った時。あの時に忘れてったんだよ。王子沢が泊まってってたのは知ってるだろ、おまえも」

「知っている」

伊万里の眉間の皺が深くなる。苦々しく言葉を吐いた。

「僕が行くと電話したのに、来なくていいと言われた時だ。忘れたくても忘れられない」

「だって、せっかく来てくれた王子沢帰して、おまえ呼ぶのは変だろ」

「――ああ、それもわかってるよ。だけど、時任が」

「時任？」

一瞬、しまった、という顔を伊万里がした。眉毛がピク、って動いただけなんだけどな。おれにはわかる。誤魔化せないぞ。

「時任が、なにか言ったのか？」

「いや……たいした、ことじゃない」

伊万里の顔が無表情に戻る。ゆっくりした瞬《まばた》き。それは、自分を落ち着かせる時の伊万里の癖なんだ。

「たいしたことじゃないなら、言えるだろ」

「……おまえと王子沢がすごく親しそうだって――毎日じゃれあうみたいに仕事しているって……そんなことをよく言ってたから」

「よく言ってたって……」

そういうことか。時任は伊万里のところに足繁《しげ》く通っていたもんな。

伊万里自身の仕事も恐ろしく忙しいから、そうそう相手をしていたわけじゃないとは思う。けど、会社ではおれなんかよりも、喋る機会は多かったのかもな。おれと伊万里は仕事での接点はほとんどない。

なんであんな奴の話を真に受けるんだよ――

口には出せない。最初のうち、さんざん時任を誉めていたのはおれだ。頭のいい奴同士、気が合うかもしれないなんてことも考えていた。

「じゃれてなんかねーよ。おれも王子沢も、そりゃ伊万里ほどじゃないけど忙しいんだ。仕事中にくっちゃべるほどヒマじゃねーもん」

「それなら、いいんだ」

「そうだよ」

「――キスしていいか」

そうやって……わざわざ聞いたりするから、おれがひるんじまうんだよ。どうしたんだ。今夜は変だよ。

伊万里も、おれも、なんか変だよ――

「ん……」

目を閉じて、慣れたはずのくちびるを受け取る。しばらく、ごく優しい、表面だけで撫であうようなキスを続けた。

「………あっ……」

突然、なにかに憑《つ》かれたみたいに、伊万里が深く貪《むさぼ》ってきた。

急展開についていけない。こじ開けられるくちびる。歯が当たる。蛇みたいに巻きついてきた舌が、おれの舌を強く吸い上げる。痛いくらいだ。

ベッドに、押しつけられる。

ネクタイも外さないまま、ワイシャツの裾をスラックスから出されて、伊万里の手が素肌を滑る。胸に、脇腹に、おれの骨格を確認するようにその手がせわしなく動く。

「伊万里、ま——うっ……」

手が降りて、股間の膨らみをなぞった。おれのそこは、まだなんの反応も見せちゃいない。そのことに腹を立てたみたいに、伊万里がベルトを外して下着ごと膝までスラックスをずり下げる。服の摩擦で肌が痛むほどの勢いだった。

こんな性急な伊万里は初めてだ。

無遠慮に捲り上げられたワイシャツの襟とネクタイが、おれの首を圧迫している。

「く、苦しい……喉……」

伊万里が鮮やかな手つきでおれのタイを外す。しゅっ、と音がする。ワイシャツは脱がせてもらえない。胸から膝までが露出しているという、なんとも中途半端な格好は、まるでレイプされているみたいで嫌だった。

なんでこんなやり方するんだろう。

伊万里は普段からちょっと癖のあるセックスが好きだけど、それはあくまで楽しむための演出で、おれが本気でいやがっていないか慮《おもんぱか》る余裕がある。でも今は。

今夜の伊万里は——違う。

「待てよ、伊万里、こういうのおれヤだって」

「どうして」

「どうしてもこうしても——いっ……いた、いよ！」

むきだしにされた乳首に、舌より早く歯が当たる。

「痛いって！　やめろよ！」

「なんで嫌がるんだ……吾妻、どうして……」

暴れるおれを押さえつけようとする伊万里。ぶつかる筋肉。まるでケンカだ。

「どうしてだ吾妻、おまえ変だ。なんで僕を遠ざけるんだ?」

「遠ざけてなんかないだろっ。ただ、こんなのは嫌なんだよ！」

「遠ざけてる。さっきだって――僕を見つけた時、あんな目をして……あんな顔の吾妻を見て……僕がショックじゃないと思ってるのか」

あんな顔って。

だけど。

だけど、それはおまえが！

「しょうがねーだろっ。さっきまで、別の男と会ってたヤツをそんなにニコニコ迎えられねーよおれだって！」

「――カイリのことか？　なんでおまえ知って………」

伊万里の顔色が、変わった。切れ長な目に走る、あからさまな動揺。

ちくしょう……なんで……いつもみたいに「そんなことはなんでもない」ってクールな顔をしないんだよ――そんな、バレたか、みたいな顔しやがって……！

「ちが……吾妻、違うんだ。カイリとは食事をして、話を聞いただけだ。恋人とうまくいってないらしくて……確かにあいつは誘ってきたけど、でも僕はあいつと縒《よ》りを戻す気も、一晩限りで抱く気もなかったし……」

――縒りを戻す――？

おれの、空耳じゃ……ないよな………

「伊万里……あいつと、つきあってたのか………？」

「――あ、」

失言を、悔いる伊万里の表情。一度零れたら、二度と戻らない言葉と、それでもなんとかしたいというように、くちびるが言い訳を探して動く。

だけど、どうしようもない。こればかりは、伊万里でも。

「そうなのかな、なんて……ちょっとは思ってたんだけど。やっぱり、そうだったんだ」

「何年も前だ。吾妻と知り合うよりずっと前――」

「わかってる。いいよ……おれが口を挟むことじゃねぇもん」

「言わなかったのは、おまえが嫌な気分になったらいけないって――」

「それもわかってる。いいんだってば……おれ、今ちょっとおかしいんだ。時間たてば落ち着くからさ、気にしないでくれよ」

落ち着いた声が出た。はは、けっこうオトナじゃんおれ。

悪い予感は的中。でもある程度覚悟していたもんな。そっか、やっぱあの人とつきあってたんだ。綺麗な人だもんな。

あの人のこと――抱いたんだな………

「ごめん……ちょっと、どいて」

こみあげてきた吐き気に、伊万里の身体を押しのけた。たぶん、おれの顔色はひどかったんだろう。伊万里はすぐにどいてくれた。大丈夫か、という問いに返事も出来ないままトイレに駆け込む。ドアに鍵をかけた。ゲロするとこなんて、恋人には見られたくねーもんな。

「う、ぐ……っ――ゲホッ………」

ああ、もったいない。

とんこつラーメン全部吐いちまったよ……八百円もしたっつーのに……。

便器に縋《すが》ったまま、流れる水流を見る。渦を巻くそれにまた吐き気を誘われて、でももう吐くモンが胃には残っていないらしくて、ただ苦しい。だめだ。

口をすすいでよろけながらトイレを出る。伊万里が手を貸してくれた。

「今日は寝たほうがいい」

その通りだとおれも思う。慌てて上げただけのスラックスは前が開きっぱなしでかなり間抜けなかっこうなんだけど、今はちょっと自嘲する余裕もない。ただ寝たい。着替えさせてくれる伊万里の手はいたって事務的だった。

あれ。おまえも顔色悪いぞ伊万里。おれの風邪移っちゃったかな……。

ベッドに入れられて、そのまま目を閉じた。

伊万里の布団敷いてやってない。場所わかってるから自分でやってくれるだろう……。

おれはもう、だめだ。

今は、なにも考えないで、眠りたい。


夜中に何度か、せつない声で呼ばれたような気がするのは、夢だったんだろうか。


翌朝、なんとか吐き気は治まっていたが、胃の不快感は相変わらずだった。

伊万里には休めって言われたけど、そうもいかない。時任のことも気になる。熱はないし、会社に出てしまえばこれくらいの不調は忘れちまうだろう。

ふたりとも、無口だった。

混んだ電車の中では、はぐれてしまった。いつもなら伊万里がおれを抱えるようにして離さないんだけど、こんなふうに一度身体が離れてしまえば人の流れ次第で、距離はどんどん遠くなる。

伊万里が遠い。

誰かに足を踏まれた。あまり痛みを感じない。足より胃のほうが辛い。

「おう。吾妻。………なんだおまえ、顔色良くねぇな」

デスクに着くなり、工藤課長に指摘される。そんなにひでー顔してんのかなおれ？

「おはようございます。もしかしたら、ちょっと風邪気味なのかもしれないっス」

「流行《はや》ってんなぁ。時任も風邪で休みだそうだ」

「え」

日経をバサリ、とめくりながら課長が顎を摩《さす》る。

「なんか死に神に憑《とりつ》かれたみたいな声だったけど、あいつ一人暮らしだっけか？」

「大学の時から一人暮らしって聞いてますけど……」

1LDKなんですよ、とか言ってたな。家賃がおれより三万も高かったんだ。

「ふーむ。ま、死にゃせんだろ」

始業のチャイムが鳴り、課長は朝イチの打ち合わせに行ってしまった。

風邪ってのは、仮病だよなぁ。はー、どうしたもんだろ。時任がおかしかったの知ってるのはおれだけだしなぁ。いて。いてて。

あ、デンワ。王子沢のデスクの上で内線コールが鳴っている。あいつどこ行ったのかな。あ、打ち合わせブースか。しょうがねーから、取ってやろう。

「はい、食品部です」

『システムの真鍋《まなべ》だが——吾妻だな？　王子沢は外してるのか？』

真鍋課長は伊万里の上司だ。おれは仕事ではあまり関係はないが、伊万里のオマケで何度か飲みに連れていってもらっている。伊万里だけだと会話がとぎれがちだから来い、とか言われるんだよ。

「課内打ち合わせみたいですよ。呼びます?」

『ああ、頼む』

パーテーションの向こうにいる王子沢にデンワだぞ、とジェスチュアを送った。すぐに気がついてやってくる。サンキュ、と受話器を受け取って座った。

「はい王子沢です。おはようございます——はい、ああ、その件だったらおれの範疇《はんちゅう》ですけど。……いえ、ウチの課長はすっ飛ばしでオッケーです。一任されてますから。……え? いや、それは困ります。それされちまうと、後で弊害《へいがい》がでかいですから」

茶髪に指を入れながら、なにやらややこしそうな話をしている。

「伊万里が? へえ。そりゃ叩かれますよ。その件に関しては食品部絡めてもらわないと、先方も混乱しますから。ええ……はい、資料は揃ってます。使いますか? ……はい、そうです」

伊万里の名前が出てきて、おれはちょっとダンボになってしまう。それを見透かした王子沢がこっちに視線をよこして、慌てて用もないファイルを開けてみたり。

やっぱこいつにバレてるのってヤだなぁ。必要以上に意識しちまうよ。

王子沢が電話を終わらせたのと、ほとんど同時に伊万里が部屋に入ってきた。会社での不機嫌そうな顔はいつものことだ——けど、今はより拍車がかかってる。

おれを見もしないまま、王子沢のデスクの後ろに立った。

「課長から連絡が入ったと思うが、資料を借りたい」

「へえへえ。どーぞ」

「……助かる。北海道支社で、名前がずいぶん売れてるようだな」

王子沢が椅子をグルリと回転させて伊万里を見上げた。

「そぉか？」

「先月の長崎の時もそうだった。本社食品部の王子沢くんを通してくれ——何人かにそう言われた。一般社員にも、課長クラスにもだ」

「おれってモテるからなぁ」

あの、なんか、火花のようなモノを感じるのはおれだけでしょうか。

「——仮に、おまえを通さないでこの件をすすめたら、どうなる？」

伊万里の静かな声が、かえって険悪さを盛り上げちゃってる。

「さぁなぁ。けど、暗礁《あんしょう》に乗り上げたりはしないだろうよ。おれは一介のヒラ社員だぜ？」

「だが、倍は時間を食うんだろう？」

「かもな」

にや、と口元を歪める王子沢も、目が笑ってない。

どうしちゃったの、きみたち。もっと和気藹々《あいあい》とお話ししましょうよ？

「さて。おれは打ち合わせに戻るとするか。吾妻、今日時任いないんだろ。一緒に昼メシ行こうぜ」

「あ、うん」

王子沢は立ち上がり、おれの後ろを通りぎわ、スッと髪に触れていった。ええッ？　ちょっと、そういうふざけたことすんなよォォ。ただでさえ伊万里が疑ってんだからっ。

「…………吾妻」

「なっ、なに？」

「身体は、平気か」

「あっ、うん、大丈夫だぜ」

そうか、と呟いて、伊万里が帰っていく。なんだか元気がない。そりゃもともと元気いっぱいです！　っていうパフォーマンスのヤツじゃないけど、でもいつもなら、背中にピシッって通った張りがあるんだよ。太い針金でも入れてるみたいな、いい意味での緊張感がある。

それが、少し撓《たわ》んでるみたいだ。

顔には出ていない。そのへんは相変わらず、お見事だけど。でもおれにはわかるんだよな、伊万里が憔悴しているのが。

おれの、せいなのかもな。

でなきゃダンサー柳田絡みか。

わかんねーや。ああ、面倒くさい。自分の気持ちの整理もついていないのに、伊万里のことまで理解しようなんてムリだよな。考えれば考えるほど、解きたい糸が絡まっていく感じだ。弄くるほどに絡まりはややこしくなり、一本の糸だったものが団子みたいな塊になる。いっそどこかでジャキンと鋏《はさみ》を入れればスッキリすんのかな――。

夕方、時任のところに電話をしてみた。

デスクからじゃまずいんで、人気のない会議室から携帯でかけてみる。二十回くらいコールして、時任がやっと出る。

どうしたんだ、と聞いてみても答えがない。風邪です、とも言わない。ただ無言。

「時任。まだ課長にはなにも言ってないから。ホーセンの社長にもフォローしといたから大丈夫だぞ？」

掠《かす》れた、やっと聞き取れるくらいの声が『そういう問題じゃないんです』と呟く。

「じゃあ、どういう問題んだ？　おれに、なんか力になれることがあるか？」

また無言。だめだ。カンバセーションになんない。喋ってるこっちが脱力してくる。

「とにかく、明日はなるべく出てこいよ。本当に具合が悪いわけじゃないんだろ？　待ってるからな」

聞く態勢のないやつになにを言っても無駄だろう。おれは一方的に通話を終わらせようとした。オフボタンに親指を乗せた瞬間に
「おれ会社辞めますから……」

時任が、そうか細く言うのが聞こえ、慌ててまた携帯を耳に押しあてたが、通話は向こうから絶たれていた。


夜の九時。

おれは時任の住むマンションの前に立っていた。

なぁにやってんだろ……。でもさー、会社辞めるとまで言われたら無視するわけにもいかないでしょ。

あいつが変になったのは、業務中の取引先でのことなんだもん。あとあと問題になっても困る

と思って、結局おれは工藤課長に報告した。そしたら
「なんだかよくわからんぞ、吾妻。とにかく今夜あいつんとこ寄ってみてくれ」
だって。おいおい、そこまでおれが面倒見るのかよー。なんでこんなことになっちまうんだよ。今プライベートだけでもしんどいっつーのに。人事に行って地図もらったら、なんかうちとは反対方向だしさー。胃が痛いから早く帰って寝ようと思ってたのになぁ。

などと文句はたらたらあるんだけど、言う相手もいなくて胸にしまったままの哀れな吾妻くん。はー。

とりあえず、呼び鈴を押す。

無反応。

ピンポンピンポンピンポン。しつこいぜ今夜のおれは。

ついでに携帯から電話も入れる。留守電に切り替わったので、いるんだろー開けろーと叫ぶ。なんか借金の取り立て屋になったような気分だが、ここまで来てすごすご引き返せるかい。明日には課長に説明しなきゃなんないんだから。

十分はねばったと思う。音《ね》をあげたのは、時任だった。賃貸マンションにしては立派な玄関ドアが鈍い音を立てて開いた。

「もっと早く開けろっつーの」

「なんですか吾妻先輩……こんなとこまで」

「課長命令なんだよ。あがらしてもらうぞ」

了承を待たずに靴を脱ぎ捨てた。うわ、おまえ何台パソコン持ってんだよ。床が配線だらけじゃん。それに埃が絡みついて、きったねー部屋だなァ。掃除してんのか掃除。

「課長命令って……」

「様子見てこいって。課長にだけはこないだの顛末《てんまつ》、話したからな」

「………」

パソコン雑誌の積み上がっているソファに勝手に座る。革張りのいい品物なのに、ただの雑誌置き場になってるぞ。見渡した部屋はところかまわず細々したものが出しっぱなしで、会社での清潔感のある時任の印象とはえらく違う。

「会社辞めるなんて、ありゃ冗談だよな？」

「冗談なんかじゃ……」

「辞める理由がおれにはさっぱりわかんないんだけど。やっぱホーセンが関係あんの？」

「………」

「あの息子とおまえって、中学の同級生だったんだろ？　なんかあったのか？」

「……吾妻先輩には関係ないです」

「そりゃ、おまえがおれと同じ会社じゃないんなら関係ないけどさ」

「だから、会社辞めます」

「なんでそーなるのよ。説明してくんないとわかんないじゃんか」

時任は立ったまま俯いた。長袖のTシャツはよれよれ、スウェットのズボンもしわしわ。パリッとしたスーツ姿しか見たことなかったけど、こうしてるとなんだか子供っぽいんだな、こいつ。

「説明したくないです」

「あのなぁ、時任。おれはあの後、社長の息子に頭下げた。電話して、社長にも詫び入れた。突然いなくなったおまえの行動が、先方に対して失礼だったからだ。わかるだろ?」

「……いいじゃないですか。吾妻先輩はあそこの社長に可愛がってもらってるんでしょ」

「そういう問題じゃないだろ。なんで突然帰ったのか、説明してみろよ。責任感っつーもんがないのかよおまえには」

「……吾妻先輩には、わかんないですよ」

おれは深い深い溜息をつく。わかんないですよ、そんなん。おまえの気持ちなんか知らん。わからん。ちっとも。

「わかんないから、聞いてんだろーが」

「そうだよ！　あんたにわかるもんか！」

おわっ。急に音量アップしやがった。おまえは壊れたスピーカーか！

「あんたみたいに、どこでも誰とでもニタニタして、つきあいよくて、みんなに可愛がられて重宝がられて！　むかつくんだよ！」

「な――」

ぶんぶんっ、と時任が頭を振る。

乱れた髪を更に自分の手でぐしゃぐしゃとかき混ぜる。

「どこ行ってもあんたの評判はいいよ！　営業でも、総務でも、商管でも受付でも！　明るくて素直で気が利くだって？　たいした大学でもないし、英語はカタコト以前、貿易知識もろくにないあんたを、みんなして誉める！　そういうのイライラすんだよっ！　元気だけが取り柄なんて大ッ嫌いなんだおれは！」

それが――本音か。

それがおまえの本音なのか、時任。

………ずいぶんまあ、分厚い仮面をかぶってたもんだな。

「あの伊万里さんまであんたには甘い！　だいたい、あんたと伊万里さんが友達だなんて信じられない、許せない！　伊万里さんみたいな人には、もっとスマートで、優秀で、愛想だけで世の中渡ろうとなんかしない、そういう人がふさわしいんだ！　あ、あんたなんか、あんたなんか……ッ」

おれなんか、伊万里にはふさわしくない、と。

時任はそう言いたいらしい……ふぅん。そう。そうか。

おれだって——おれだって、時にはそれを思うよ。友人として恋人として、おれと伊万里は釣り合ってンのかなって、考えることはある。考えること自体が無意味だとわかってても、つい考えてしまう。恋は盲目だけど、時間が経てばだんだんと視力は回復してくもんだよ。

嫌な言葉だけど、伊万里とおれではステイタスが違うなって、思っちまう。

引け目を感じるのなんか、そりゃあしょっちゅうだ。おれはおれのことが好きだけど、それはあくまで自己愛ってやつだから、伊万里がおれを好きな理由はわからない。おれは自分と違う伊万里を好きだけど、同じ理屈が伊万里に有効なのかどうかも、知らない。わかんないことだらけだ。

仕事でポカしたり、伊万里の昔の恋人がすごく才能のある人だってわかったり、そんな時は……正直言って、すげえ不安になる。

だけど。だけどさ。

「それを決めんのは、伊万里だろ。おまえに言われる筋合いはない」

そうだよ。伊万里がおれを認めないなら——その時はしかたないけどな。

「余裕こきやがって……そういうとこがキライなんだよ！」

ばんっ、と時任が壁を平手で叩いた。

癇癪《かんしゃく》起こした子供だ。顔を真っ赤にして、おれを罵倒する言葉を探し、投げつけてくる。

「誰にでも好かれるって思ってんだろ！　みんなに愛嬌振りまいて、面倒なことも引き受けて、票を集めようってセコさがいやなんだよ！　なんなんだよあんた？　取引先にまでイヌなんて言われて、腹立たないのかよ？　どういう神経してんだかな！　こんなとこまでノコノコ来て、おれの世話まで焼いて、そしたらおれがあんたに泣きつくだろうって！　そういうのがむかつくんだよ！」

肺の酸素を全部使うように叫んで、時任は言葉を止めた。

肩で息をしている。頬がぴくぴく痙攣《けいれん》してるのがわかる。

おれはゆっくり立ち上がった。

「だから？」

腹の奥から、低い声が出た。

いや、そういう声しか出なかった。

時任に歩み寄る。自分より背の高い時任を間近に見上げる。

おれ、今、どんな顔してんだろう——？

「だから、どうしろっていうんだ時任。おまえがむかつくのはわかったよ。そら、おまえの勝手だ。自由だ。好きなだけむかついてりゃいいだろ」

痛い。

胃が痛い。

痛くて、熱い。

「で、おれに、どうしろっつーの？」

時任の口がかすかに開く。言葉を探すように、わななく。

「しょうがないだろ？　頼まれりゃ断れないし、目が合えば笑っちまうし、お節介だし、なるべく人とケンカしたくない。これがおれだ。そういう性格なんだ。それで嫌な思いだってするさ。愛想がよけりゃ舐められる時だってあるし、ちょっと違うよな、って仕事も押しつけられたりもするし、おまえみたいな後輩の面倒見る羽目にもなる」

だんだんとでかくなる声を止められない。

「けど、しょうがねーだろ！」

上がり続けるボルテージ。

胃酸がまたジュッと内壁《ないへき》を焼く。

「それがおれなんだから！　そうやってずっとやってきたんだから！　てめーにああだこうだ言われる覚えはないぜ！　そーだよ、好かれたいよ、嫌われるよかよっぽどいい！　多少腹立ってもおれが我慢すりゃおさまんなら、我慢するさ！　それがおれのやり方だし、おれはおれのやり方でしかやれねー！　他人の真似で生きていけるほど器用じゃねぇんだよ！」

「そっ、」

時任の声がひっくり返ってる。

「そんな、こと言ってるから……データなくすようなハメになんだろ？」

「なに？」

「笑っちまうよ、疑わないのかよ、誰かがあんたのマシン弄ってデータ消したって、思わないのか？　思いつかないのかよ？」

ヒッ、ヒッ、と詰まるような声で笑う。

無理矢理、笑っている。逆らう表情筋が泣き出すみたいな顔を作る。

「ちょろすぎんだよあんたは！　真っ直《ます》ぐすぎてムカムカすんだ！　目障りなんだよ！　だからデータ消してやったんだ！　少しは疑ってくるかと思ったのに、ぜんっぜん気がつかねーんだもんな、お、お、大笑いだぜ！」

ハ、ハ、ハハハハ！

耳を衝《つ》く、ヒステリックな笑い声。

時任は身体をふたつに折って、まるで寒さに凍《こご》える人みたいに自分を抱き締めている。そして笑い続ける。耳障りな声が冷たい機械だらけの部屋の壁にガンガン当たる。発声と呼吸がうまく折り合わなくて、しまいには喘息《ぜんそく》みたいに喉をヒューヒュー鳴らす。

異様なテンションの声を使い果たし、時任の膝がカクリと折れた。

床に、蹲《うずくま》る。

いきなりおれよりも、ずっと小さくなる、その身体。

「――知ってたさ」

びく、と肩が揺れた。顔は上がらない。

「知ってたっていうより――そうかもな、って思ってた。データが消えた日から」

疑わないわけがないだろ。そこまでお人好しじゃないんだよ、おれだって。

でもな。

追求しても、いい展開にはなんねぇだろ。

「今日、昼メシのカレー食いながら……王子沢が言ったんだよ。おれのパソコンに侵入した形跡が残ってんだってさ。おれにはよくわかんねーけど、王子沢が言うんなら、そうなんだろ。おれのＩＤとパスワード、勝手に使われてるって」

時任が、ゆっくりと顔を上げた。罠にはまったウサギみたいな目だ。

なに、おまえ、泣いてんのか。バカめ。

「もともとたいして厳重なセキュリティじゃないからな。時任くらいパソコンに詳しければ、パスワード破れるだろうって言ってた」

泣くくらいなら、言わなきゃいいだろ。おれ以上に、ガキだな。

「そんなこと言ったら、王子沢にだって破れるのかもしんないじゃん、って言ったら頭はたかれたけどな。そか、やっぱおまえか」

また、俯く。自分の髪を、強く引っ張っている。

おれは時任と近い位置まで屈んだ。

「おまえだろうと思ってたよ」

言わなかっただけで、疑ってたんだおれは。

「けど同じくらい、おまえじゃないといいのにとも思ってた」

半分の疑いと、半分の期待。半端なのはおれだって気持ち悪かったけど――

「そういうふうに考えちまうんだよ、おれは。しょうがねーんだ。性分なんだ。もっと楽な生き方があるかもなとは思っても、今更変えられないよ」

うう、とくぐもった声。うちの弟も泣き出す寸前、よくこんな声たてたもんだ。

まったくなァ、時任。

おまえガッコーちゃんと行ってたんだろ。トップ入社のくせに、なに膝抱えてべそかいてんだよ。呆れるぜ。

呆れて、なんか怒る気も失せちまった。

時任は、それからしばらく泣いて、おれはヒマを持てあまして勝手に茶なんか淹《い》れて飲んでた。

一時間位して、やっとあいつは、おれに言った。

ごめんなさい、って。

4

「いじめ？」

「そ。ホーセンとこの息子――っても社長と血は繋がってないんだけどな。そいつに中坊の頃、さんざんやられてたんだってさ」

はぁ、なーるほど、と王子沢がライターを擦る。

ランチ後の喫煙タイムにおれはつきあっていた。社食のそばの喫煙所ではない。休憩時間がずれている商品管理部の喫煙ゾーンだ。ここなら今の時間、他に人はいない。

「いじめ、ねぇ。おれは経験ねーから、なんとも言えないけど」

まあ、そうだろうな。王子沢って、そういうのには無縁そうだ。

「おれはちょっとだけ、ある」

「吾妻が？」

「んー、そんな深刻じゃなかったけど。中一の時にクラスの一部から標的にされた。やっぱおれのこと、ムカツクって奴いるんだよ。成績もたいして良くない癖に、教師受けとかよかったし」

「で、どうしたんだ？」

「自然消滅っぽかったけど……その頃高校生だった兄貴のおかげもあるかも」

へーえ、と王子沢が煙をおれのいない方向に吐く。それでも回遊してくる煙草くさい空気が、胃に染みて痛い。なかなか治らんなー、これ。

「時任のは、かなりひどかったらしい」

おれに謝った後、放心したような顔をして、ぽつりぽつりと話し出したんだ。

それは、もう昔の話じゃないか、なんて言えるような体験ではなかった。聞いてるこっちもかなりしんどくなるような内容だ。王子沢に詳しく話す気にもなれない。

入学当初から、すでに時任の置かれた状況はかなりシビアだった。いじめの方程式に乗っ取って、一対複数。リーダー格はずっと豊泉佳巳だったそうだ。当時は名字は違っていた。

――――親に、言えなくて。

時任は俯いたまま告白した。

――――もしかしたら、薄々気がついてたかもしれないんだけど。渡す金なんか、親の財布から抜くしかないから。でも本当にギリギリまで親には言えなかった。言ったら、あいつらなにするかわかんないと思ってたし。ダメなんです。一度いじめられると、ダメんなっちまう……。自分が芯から弱い人間だって刷り込まれる。立ち向かう気力を持つことすら許されない。息をすることですら、あいつらの許可がいるような気になる……

少しだけ、わかる気がした。

おれももし、あんな疎外感が続いたら。クラスの一部だけではなく、クラス中にシカトされたら。兄貴がいなかったら。誰にも頼れなかったら……どうだったんだろうな。

「それで、ホーセンに行ってかつてのいじめ相手を見て、びびっちまって逃げた、と。そういうことなのか?」

「うん、まあ……短くまとめるとそうなる」

「当時の仕返ししてやろうとか、憂《う》さを晴らしてやろうじゃなくて、また逃げんのか。けど、それじゃ同じことの繰り返しだろ?」

「ん……そうなんだよな」

それはたぶん、時任にだってわかってる。

同じことは繰り返したくないからこそ、あいつは中学を転校してから、必死に勉強したんだ。自分を変えたかったんだろう。いじめられている間はとてもそんな余裕はなかったはずだ。

二度と自分がいじめの対象にならないように、成績は上位で、でも、周りのカンに障らないようにと気を遣い、処世術を身につけて。幸い、高校に入ってからは環境も落ち着いたそうだ。

それでも、辛い記憶は消えやしない。

——死にたい、って思いました。

ぐちゃぐちゃの頭に、涙の跡を残す顔で時任が言った。

——あいつのを……佳巳のを、しゃぶれよって言われた時。死んだほうがいいって思った。こんなことしてまで生きてても、どうしようもないじゃないかって。でもよってたかって腹を蹴飛ばされたりすると、やっぱり痛くて。辛くて。死ぬ勇気があるなら、抵抗出来そうなもんなのに、そういう気力が萎えていくんです……おれ、まだ十三で。女の子とキスもしたことなかったのに、男のをしゃぶらされて、飲まされて……。

正直、そこまで聞きたくなかった。

時任にやめろ、って言いたくなった。

そんなことをした男のいる会社に、おれは連れていっちまったんだ。おれが悪いわけじゃないのはわかってるけど、でもどうしても、考えてしまう。

時任がどんな気持ちで、豊泉佳巳を見たのか。名刺を差し出したのか。

「どーすんのよ、あいつ。これから」

「明日は出てくるって言ってたけどな。担当は変えるよ。おれから課長に頼む。いじめうんぬんはオフレコにしといてくれ。なんか適当に理由考えるからさ」

「まあ、おまえが頭下げりゃ短気工藤も考えるだろうな。怒鳴りつけはするけど、おまえのこと一番可愛がってるし」

短くなった煙草を灰皿にギュッと押しつける。王子沢はギリギリまで煙草を吸うんだよな。伊万里は半分くらいでやめちゃうことも多いんだけど。

「おれがこの話聞いたの、時任は了承済みなのか？」

「ああ。王子沢にだけは、簡単に説明しとくって言っておいた」

「なんでおれなのよ～。おれはあいつ好きじゃないんだって。まあ、いじめられた過去はかわいそーかなとも思うけど、だからってかばってやる気はないぜ」

「そんなん、わかってるよ。ただささ。おれがこんな話を出来るのっておまえくらいしかいねーじゃん」

「伊万里がいるじゃんかよ」

「あいつは部署も違うし――それに、最近はあんまり話をする時間もなくてさ」

「もしかして、おまえらなんか揉めてんの？　えーと、その、柳田の件とかで」

「そんなこたねーよ。ただ、ちょっと、まあつまり……おれがひとりで色々考えすぎてるだけなんだと思う」

考えても仕方ないと知りつつ考える人間の愚かさよ、ってやつなのかな。

「おれと伊万里って、違いすぎるし」

「なにが」

「なにがって、そりゃ――」

「もしかして、あれか。伊万里のヤツ、ナニが二本生えているとか……いてっ」

おれに頭をはたかれ、王子沢が大袈裟にそこを摩る。グーにしなかっただけ感謝しろッ。どんな想像してんだよバカ。

「冗談だって……どしたよ、吾妻。人間が違うから面白いってのがおまえの持論だろ」

「そうだけどさ。でも、あんまり違うと、なんかわかんなくなってくるし……あいつがなに考えてるんだか。なんでおれのことなんか選ぶのかとか……わかんなくなると、ちょっと怖くなるんだよ」

「伊万里のことがか？」

そう、なのかな。うん、伊万里が怖いのもある――こないだはそうだったもんな。

でもそれだけじゃない。おれが怖いのは……なんつーか……

「伊万里に、のめり込むのが怖いんじゃねーの？　メンタルな部分で」

――え。

「おいおい。たださえでかい目を、そんなに剥くなよ吾妻。ったくよー、自分ではわかってねーのかな。ヤになるぜ。結局おまえたち、お互いに無我夢中なんじゃゃんか。カーッ、恥ずかしいっ。聞いてるこっちがむかついてくらァ」

むがむちゅー？　そ、そうなのかな？　やべ、顔が赤くなっちまう。

「で、でもなんで、おまえがむかつくんだ王子沢？」

「伊万里とゆっくり話せよ。そうすりゃ、おまえのモヤモヤなんかただのラブラブの一過程に過ぎないってわかるぜ」

おれの質問を静かに無視して、王子沢があきれ顔のアドバイスをくれた。

「まあそうかもしれないけど――伊万里忙しいし」

「まー、機関車みてーに働いてるからな、あいつ」

呆れながら、王子沢は納得してくれたようだ。長い腕をアーアと伸ばして、軽く屈伸《くっしん》をしている。休憩はあと五分で終わりだ。午後も仕事が山積みで待ってる。時任の分の事務処理はおれがやんなきゃなんないし、ちょっと気が重いな。

あれ……胃も重いぞ。

ア？　つ……いた………イタタタタタ………イダダダダ！

「吾妻？」

「う――ぐ……」

「おい。どうした、吾妻！」

なんだおい。この痛み、すげ、おわっ、あぐっ。尋常じゃない。マジ、やば――

立って、いられな……い………

身体が腰から折れ、すぐに膝がガクンとついた。胃が痙攣を起こして、せり上がる。

ゲフッ。

昼食った焼き肉定食を吐いた。血と一緒に。汚ねぇ……。

「――待ってろ、静かにしてろ。今医務室に連絡すっから！」

王子沢が電話を借りに事務所に入った。その姿がかすんでる。

額から脂汗《あぶらあせ》が噴き出てる。

痛くて痛くて身体が強ばって、無意識に歯を食いしばってしまう。胃の中に焼き鏝《ごて》を落とされたみたいだ。熱くて苦しくて、呻くような声しか出ない。

気を失えたら楽なのに――でもそういうことにもならない。

医務室の先生が駆けつけてくれるまでが、永遠みたいに長かった。すぐに車の手配がされて、おれは近くの病院に搬送された。


バケツをひっくり返したような、雨。

ってよく言うよな。そーすっと、空にはずいぶんたくさんのバケツがあるもんだ。風が吹けばバケツ屋が儲かる。あれは桶屋《おけ》。うー、ひとりでボケてひとりで突っ込んでてもつまらん。

「はー。寝てるの飽きたなァ……」

「バカタレ。病人は寝てるのが仕事だ」

モノローグのつもりだったのに、返事をされてしまって驚く。襖《ふすま》を足で開けて、兄貴が入ってきたところだった。

「粥《かゆ》」

「あ。サンキュ……かあちゃんは？」

「婦人会の寄り合いだと。最近マージャン大会になってるフシがあるけどな」

「ハハ、いいんじゃねーの？　賭けてるわけじゃないんだろ？」

今のところはな、と兄貴が渋い顔をした。

週末。おれは実家にいた。

会社で倒れて、病院に二泊、検査の結果は急性胃潰瘍《いかいよう》。道理で痛いはずだよなぁ。

病院の先生に怒られたよ。胃が痛いのにカレーとかラーメンとか焼き肉みたいな食事を続けている人がいますか、って。ごみんなさい。

伊万里からは、何度も携帯に電話があった。

でも――おれは出ていない。なんだか、なにを話したらいいのかわかんなくて、出られなかった。病気の時って、気弱になるから、情けない泣き言を言いだしそうで怖かった。

王子沢あたりが、実家で静養してるってことは話してくれてると思う。病状もそれほど深刻じゃなく、通院してりゃ治るから、週明けから出社することも。

「生意気に、ストレスでも溜めたのか」

親父とそっくりの声で兄貴が言う。

前掛けを取って、バサリと畳に放り、おれの布団の横にあぐらをかいた。短く刈り込んだ襟足をバリバリ掻《か》きながら、さっさと食え、と野太い声で急かされる。おれは起きあがって、ありがたく粥の椀《わん》を手にした。おっ。梅干しとオカカ。この組み合わせ大好き。

「太陽。会社っつーのは、血ィ吐くほど大変なのか?」

「それほどじゃないよ。たまたま、小さいトラブルが重なっちゃってさ。更におれの食生活にも問題があったってこと」

「あんましお袋に心配かけんな」

「心配してるのにマージャンしに行ったのかよぉ～」

「倒れたって聞いた時は真っ青になってたぞ……おまえはおれたちと違って、離れて暮らしてんだからな。しっかりしろよ」

へいへい。なにも言い返せません。

ズル、と粥を啜りながら兄貴の顔を見る。無精ひげが妙にしっくりくる、男臭い顔。高校生の頃から、オッサンくさかったよな、兄貴って。二十七になった今も、三十五くらいに見える素晴らしいオッサンぶりだ。似てないよなーおれたちって。綺麗に父親似と母親似に分かれてんだよね。下の弟と妹はそれなりに混ざってるんだけど。

「なー、兄貴。おれが中坊ン時さ」

「ああ?」

「体操服忘れてさ。そんなんしょっちゅうだったから、誰も届けてくれるような家じゃないのにさ。兄貴が持ってきたことあっただろ?」

「そんな昔の話、いちいち覚えてやしねぇよ」

兄貴が新しい煙草の封を切る。

「あったんだよ――おれがちょうど、クラスの一部からいじめられてた時だ。突然現れた、ガタイのいいオッサン面した高校生に、みんなビビッちまってさ」

今思い出しても、笑える。兄貴が入ってきた途端、シーンと静まりかえったよな。

「太陽、てめぇ、体操服忘れてんじゃねぇ、このボケがぁ――セリフまで覚えてるよおれ。すげーでかい声でさ、そう言って体操服投げつけたんだ」

「おまえは昔っから忘れモンが多いんだ。連絡帳読んでお袋が嘆いてたぜ」

ほら、覚えてるじゃんか。兄貴もひねくれてるよなァ。

「兄貴」

「なんだよううるせえな。さっさと食えよ」

「ありがとうな、あの時」

煙草のフィルターを噛みながら、兄貴が顔をあさってのほうに向ける。返事すらない。どーも照れ屋なんだよなー、この人。

熱いと胃に良くないので、ややぬるくなった粥。

味の薄い、歯ごたえのない、だけど弱った粘膜には一番優しい食べ物。言葉ではない、慰めといたわりの味……これ作ったの、兄貴だよな。

共働きの吾妻家長男は、いかつい外見に反して、家事一通りはこなせる。お袋がそういう風にしつけたんだ。母ちゃんはたいしたもんだぜ。

「なぁ兄貴」

「黙って食えねーのか」

「変なこと聞くけどさ」

「変なことなんか聞くな」

これは兄貴独特の合いの手なので、おれは無視して話を進める。

「義姉《ねえ》さんのさ、昔の男とかって気になる？」

「なんだと……？」

銜え煙草のままで、兄貴は顔をしかめた。本当に意外な質問だったらしい。

「だからさ。義姉さん、美人じゃん」

「絶世の美女と言え」

「んで頭いいし、性格もいいじゃん」

「明晰《めいせき》な頭脳の持ち主で、女神のように優しいと言え」

「……ハイハイ。そんで、そんなすんごい素敵な人が、兄貴の前にもつきあってた男いないはずないだろ？」

「まあな。そればっかは仕方ねぇ」

偉そうに、かつ鼻の下を伸ばして兄貴は頷く。

「そういうの、どうよ。妻の過去、気になんない？　えーと、義姉さん東京外来語大だろ。周りには少なくとも頭のいいのはうじゃうじゃしてただろーし」

そうなんだよ。兄貴の嫁さんがまた、天が二物を与えちゃった人でさ。なんでこんなオッサン顔と結婚して酒屋の若女将《わかおかみ》になったのか、吾妻家の最大の謎だったりする。

「頭がいいんじゃなくて、偏差値が高いやつがうじゃうじゃしてたんだ。そんな有象無象《うぞうむぞう》を気にするか、このオレが」

フンッと鼻から煙を吐いて兄貴がいきがる。

「でも、恋人はいたんだろ？」

「そら、そうだろうさ」

「そういう……昔のこと、気になんねぇ？　過ぎたことってわかっててもさ、気になりだしたら止まらないじゃん……でも、そんなこと、聞けないよなぁ……」

過去のことは、過去のこと。根ほり葉ほり聞いても、仮に相手が悔やんでいても、時間がもどせるわけでもないしさ。それは、無意味だよな。

「なんでだ？」

あぐらの脚を入れ替えた兄貴が、粥を食いながら俯いたおれに逆に聞いてくる。

「なんで聞けないんだ。聞きたいんだろ？」

「聞きたいっていうか……気になるっていうか」

「ふふん。気になってるから、聞きたいんだろ？　聞けばいいだろーが。口ン中に舌はあんだろ。聞けよ聞け」

なんか勘づいたな。にやにやしてやがるよ。ちぇ。

「じゃ、兄貴は聞いたのかよぉ」

「聞いたぞ」

「エッ、マジ?」

勇気あるじゃん、兄貴。そのへんに関しては、聞きたくても聞きたくないふりをするクチかと思っていたよ。

「聞いた。今までつきあっていた男は何人なんだ、どんなヤツなんだ、ってな」

「で? 義姉さん、なんて?」

「秘密、だそうだ」

あのさぁ……。それじゃ全然意味ないんですけど。

「けどな。昔何人とつきあってたのか知らんが、とにかくそん中でおれが一番かっこよくて賢くて強い男だってよ。むははははは」

「…………そうでスか……」

さすがだな義姉さん……この単細胞を、完全に手玉に取ってら。

「まー、そこまで言われたらよ? 過去のことほじくりだしても、もう関係ないわな。今はおれの妻なんだしな、んでおれに夢中なんだからな。オンリーワンでベストワンなんだからな。んふふふふふ」

どうして義姉さんの話になると、そこまで人格変わるかな兄貴……いっそ感動的だよ。涙出そうだ、いろんな意味で。

にやにやが止まらなくなってしまった兄貴を見ながら、なんかそれ以上言うことがなくなってしまったおれは黙々と粥を食べる。梅干しの種の端っこがチクンと痛い。

タタタタタタタ、と階段を上る音が聞こえてきた。軽い足音はまだ子供、つまり弟か妹だけど、この早い時間に学校がひけるのは

「たいにーちゃん、イカイヨーなおったぁ？」

妹のほうだ。うちの一番ちびっこは小学四年生の瞳《ひとみ》。

「あのねー、そんなすぐには治んねぇのよー」

「なんだぁ、たいにーちゃんと遊ぼうと思ってダッシュして帰ってきたのにぃ」

ぺたん、とすぐ側で女の子座りをして拗ねた顔をする。

「うわ、瞳、靴下泥だらけだぞ」

「あれ？　ほんとだ」

「どら。ああ、走ったから泥はね上げやがったな。ほれ、来い瞳」

ハーイと素直に兄貴についていく小さい身体。やっぱ家はいいな。まードタバタとやかましくて、静養っつーにはほど遠いけどさ。でも妹や弟がうるさく絡みついてりゃ、余計なことを考え

ないですむ。余計なことっていう表現はよくないけど、まあ仕事のことも時任のことも、身動きの取れない今思い悩んでもしかたない。

あと――伊万里のことも。

今頃、なにしてんだろ。日曜だけど仕事に出てる可能性もあるよな。心配してんだろうな……実家の電話番号も教えてはあるけど、さすがにかけてこない。

あ、でも、もしかしたらダンサー柳田と会ってたり、な。あのふたりが並んで街とか歩いてたら、街中の女の子が振り向くかも。

あらら。考えてもしかたないって思った直後に、またぐるぐる考えてるじゃん。

重症だな。潰瘍は薬飲んでりゃ治るけど、こっちはどうなんだか。電話を待って。でもかかってくれれば取れなくて。自分からもかけられず……時間だけは過ぎる。

きっと伊万里は待っている。おれにはよくわかる。なんだかもー。まるでちっぽけないやがらせみたいだ。ちっぽけすぎて、自分で情けない。

王子沢の言うように、おれは自分の心が伊万里にどっぷり依存するのを怖れてるのかもしれない。いや、もう依存してんのかな。だから、聞けないんだ。

あの魅力的なバレエダンサーと、どういう関係だったのか、すぐに聞けばここまでこじれなかったんだろう。伊万里は嘘をつかないと思うし、おれも昔の話だと納得しただろう。

……納得しなかったりして。実際、わかんねーよそのへんは。

いて。あ、粥食ったから薬飲まなくちゃ。兄貴、水も持ってきてくれりゃいいのに……まあ重病人じゃないんだから、自分で台所行こ。

数種類の薬を飲み下していたら、瞳がまた駆け寄ってきた。

「なんだぁー？　にいちゃん激しい遊びは無理だぞー」

「違うよぉ。たいにーちゃんにお客さん。なんかすごーいキレーなおにーさんたち」

どきっとした。

「キレイで、ちょっと怖い顔のお兄さんいた？」

「ん？　ふたりとも怖くないよ。にこにこしてる」

伊万里説は消えた。あいつがニコニコってこたぁない。ないったらない。

今度は兄貴が台所に顔を出して、来客を告げた。

「太陽、おまえホストの友達いんのか？」

ホスト？

ふたりのうちのひとりはすぐにわかった。踊るホスト面サラリーマンは、あいつしかいない。

けどもう一人は誰だろう。おれは、コップを手にしたまま、しばらく考えたが結局思いつかず、とにかく客を部屋に通してもらうことにした。

「それで、吾妻くん、胃のほうはどうなの？」

「はあ。たいしたことはないです。油っこいモンばっか食うなって医者に叱られました。すんません、こんな雨の中わざわざ……しかもおれこんな格好だし……」

「ダハハハ。似合ってンぞ吾妻。会社にもそれ着てこいよ、ウケるぞ」

「うるせーよおまえ。ちっとは見舞客らしく、心配そうな顔とかしろよ」

お袋がバーゲンで買ってきたニャンコ柄のパジャマで怒っても、迫力なんか出るはずもなく、王子沢はいつまでもニヤニヤしている。

「からかうなよ恵。いいのいいの。病気なんだからそれが正装。倒れたって聞いた時は、びっくりしたよ……でも手術とかにならなくて本当によかったねぇ」

そう言ってくれたもうひとりの客は、なんとダンサー柳田。

これはおれにとっては結構意外だった。王子沢と友達なのはわかってるけど、でもおれの見舞いに来る理由ってなんだろう。

——伊万里絡みとか？　それはやめて欲しいなぁ。また胃が悪くなりそうだ。

「最近の胃潰瘍はよっぽど重くない限りは投薬治療ですむらしいぜ。まー、おれも目の前でゲロだの血だの吐かれた時はビビったけどさー」

「悪かったよ……世話かけました。すんません王子様」

「だからっ。王子様って言うなッ。いっそ柳田のことをそう呼べよ。こいつは実際に王子様踊るんだからさー」

「おれはどっちかっつーと、キャラクターダンサーだよ——まあ東洋人ってそうなりがちだけどさ。あっ、ありがとうお嬢ちゃん」

かしこまってお茶を運んできた瞳に、柳田はにっこり笑いかけた。瞳は顔赤くしてペコリと頭を下げ、逃げるように出ていった。あんなガキでもやっぱり色男には反応するんだなァ。

「カワイイね。妹さん？」

「はい」

「ずいぶん年が離れてるなぁ。さっきのはお兄さんでしょ？　三人兄妹？」

「あとひとり弟がいますんで、四人です」

「大家族で育つと、吾妻みたいにバカがつくほど単純明快な性格になんのかね？」

おい王子沢、バカはつけなくてもいいだろうが。

いいよなぁ、と柳田が呟く。

「おれ一人っ子なのよ。一人っ子でゲイっつーのは、親には可哀想でさ。せめて兄弟がいたらなんて——ま、その考え方も問題あるよな」

お茶と一緒に運ばれてきた、おかきをつまみながらそう笑う。目尻が下がると、少し幼い顔になるみたいだ。こんな茶の間でちんまり座っていると、わりと普通の人に見えてくる。兄貴の言葉を借りれば休日のホスト……すみません。でも、紫色のシャツとか、あんまり着る人いないじゃん。王子沢、おまえの真っ黄色に濃紺のストライプってのも、なかなかすげーぞ。どこで買うんだよそんなの。

「そういえば、敦彦もわりと兄弟多いんだよな。確か、兄貴と妹だったよ」

柳田が伊万里の話題を出すと、どうしても身体が構えてしまう。

「あ、そうなんですよね。一人っ子っぽいけど」

そう答えて笑ってはみせたけど、ちょっと引きつっちゃったかもしんないや。

「伊万里の兄貴と妹ォ？　なんかすごそうだなー。あんま友達になりたくねぇなァ」

「まあ、すごいと言えばすごいのかなぁ……」

ああ、この人は知ってるんだ……伊万里の兄妹について、少なくともおれよりは。

いかん。

また胃が。頑張ってくれ、さっき飲んだH2ブロッカーよ。

「そうだ。吾妻くん、おれが今日ここに寄らせてもらったのはさ。ちょっと話しておきたいことがあって」

「はあ」

「何日前だったかなぁ。敦彦から電話があってさ。おっ、デートのお誘いかななんてウキウキ出たら、あいつすんげー機嫌悪いのよ。吾妻になに吹きこんだんだって——あれだけわかりやすく怒ってる敦彦も珍しかった」

ああ……伊万里が突然アパートに来た翌日あたりか。

「おれはさ、ただ偶然吾妻くんと恵に、ラーメン屋で会って、おまえとメシ食ったって話しただけだよって説明したんだけど。なんかあいつ頭がとっ散《ち》らかってたみたいで、しばらくカリカリ怒ってたな」

バカだなー伊万里。つきあってたって口滑らせたのは、おまえのほうだろ。らしくない。そんなことも忘れちゃうほど動揺しちゃってたのか……？

「ええとー。あのー。おれが謝るのも、なんか違うって気もするんだけどさ」

「はい？」

「もしかして、胃潰瘍の原因の一端がおれにあったりしたら、それはやっぱ申し訳ないなぁなんて気になっちゃって。恵にも、てめーは口が軽すぎんだよ、なんて叱られちゃうし」

「えっ、いや、あの、そんな謝る必要ないです！」

王子沢まで、なに言ってんだ？　この人にはなんの責任もないじゃんか～。

「気にしないでくださいホント。この胃潰瘍は単におれの仕事のストレスと食生活の問題ってやつで、関係ないですから」

「でもさ、敦彦と、その……つきあってるわけでしょ？」

部屋の外をちょっと気にして、柳田は声を低くした。おれは返事は出来なかったんだけど、耳まで赤くなったから、それが立派に返事の役割を果たしたと思う。

「だよねぇ。そうとしか考えられなかったんだけど、確認しようがなくて。恵に探りを入れても、本人に聞けとしか言ってくれないし。そういうとこ、頑固でさこいつ」

「悪かったよ頑固で」

王子沢がむくれる。まあ、こいつも困ったんだろうな。いくらバレバレ状態でも、自分からは言えないって思ったんだろう。そういうとこ、なんつーか――信用出来る奴なんだよな。すげえ配色のシャツ着てても。

「そのへん、おれ全然知らなかったからさー。考えてみたらちょっと無神経な奴だったかなぁ、なんてね。あれなのよー。おれって、わりと貞操《ていそう》観念低いゲイでさ。デートだとかセックスだとか、別に自分のオトコとでなくても、平気なんだよね。股が緩いんだよ、アハハハハハ」

そんな明るく言われてしまうと、どう返せばいいのかよくわからない。そのへんの感覚は人それぞれだから、おれが口出す問題でもないし。

ただ――伊万里がそうだったら――それはちょっと困る。

いや。ちょっとじゃなくて、相当困る。

「だけど、そうじゃない人もいるのはわかってるんだ。けど今回は、敦彦がこんなに取り乱すとは思わなくて」

「取り乱す？」

「電話だから、声から察しただけなんだけどさ。でも、あんな動揺してる敦彦は初めてだったな。もーう、大変だよ。最初は感情抑えてたみたいなんだけど、だんだんエキサイトしてきちゃって。きみが電話に出てくれない。嫌われたかもしれない。どうしたらいいのかわからない。気が狂いそうだって。やつにも潰瘍出来るんじゃないかって思ったわ、おれ」

伊万里が？

あのクールが売りのハンサム鉄仮面が？　そりゃ、おれとふたりの時はベタ甘なセリフ吐いたり、スケベターボかかったりするけど、取り乱すっていうのは見たことない。

にわかには、信じられないんですけど。

「伊万里って、そういうキャラクターじゃなさそうだけどな」

王子沢もそう言う。柳田は頷き、続けた。

「な？　おれだってそう思ってたもんずーっと。こないだ途中まで言っちまったから、まあ全部話すけどさ。昔の敦彦って、恋愛期間すごく短かったわけ。つきあってる間はさ、独占欲が強いから浮気とか許さないタイプだね。でもいったん切れたら後腐れが見事にない。まあ、次の相手がすぐ見つかるのもあるだろうけど。半端じゃなくもてたから、あいつ」

……だろうなぁ。

「で、つきあうのもたいていカタギじゃないのよ。おれみたいなダンサーだの、イラストレーターだの、作家のタマゴだの。そういうアーティスト系が多かったな」

はあ。もともとそういうのが伊万里のタイプなのか。

ますますわかんねー。今回はなんだっておれみたいなフツーのサラリーマン選んだんだ？

たまには違うモン食いたくなったってやつなのか？

「まあ、吾妻くんはすっげーカワイイから……失礼、あのさ、純粋にいい意味で取ってね？　カワイイって言われると怒ったりする人、たまにいんのよね」

「ああ……そんなんで怒らないっス。会社の女の人とかにもさんざん言われてますから」

「そうだな。吾妻は間違いなく『弟にしたい男性社員』のナンバーワンだ」

そんなにウンウンと強く頷くんじゃねーよ、王子沢。

おまえなんかきっと『一見カッコイイんだけど、つきあったら苦労させられそうな男性社員』のナンバーワンだぞ。あ、伊万里も上位にランクインするなぁ、これ。

「いいじゃない。会社って女の人に可愛がられないと仕事しにくそうだし」

ダンサー柳田はまたおかきを食べる。もう半分減ってるぞ。かなり好きなんだな。

「とにかく、おれの知る範囲では、敦彦がノンケの男に手を出したのは初めてなんじゃないのかな。今までと激しく違ってんのよね。吾妻くんに嫌われたら世の中になんの希望も残らない、みたいな——失礼ながら、中学生の初恋レベルになっちゃってて」

ぽりぽりぽりぽり、と青海苔《のり》風味のおかきを嚙み砕く。指まで舐めてる。

「確かになァ。吾妻の入院中も、伊万里はあからさまにおかしかったし」

「おかしかったって、会社で？」

王子沢が説明してくれた。

「ちょっと見は、いつもと同じだよ。変だって気がついたのは社食でさ。おれ和泉チャンとメシ食ってたんだけど、あいつがいつもの無表情でトレー持って歩いてて……ぶふっ」

なに笑ってんだよ？　早く言え！

「は、柱に……ホラ、箸とかフォークとか置いてあるとこがあんだろ？　あの横の柱にマジメに激突したんだよ………ククク ッ」

「……な、なんで、そんな？」

「そりゃ、おめーのことでも考えてたんじゃないのー？　まあトレー持ってたから、頭とかはぶつけちゃいないさ。ただ定食を床にぶちまけてたけどな。ちゃんと自分で片づけてたぜ」

社食で柱にぶつかる伊万里。

汚れた床を、黙々と片づける伊万里――かっこわるい………。

胸の中の酸素が、突然減ったような息苦しさを感じる。かっこわるいよ、伊万里。

本当におれのこと考えてて、そんなことになったのか。おれが心配で？　おれがちっとも連絡しないから？　それでボンヤリして、会社中の人間が集まる社員食堂で柱にぶち当たったのか？

おれのことを想いながら？

伊万里。

かっこわるい伊万里――どうしよう、おれ。

すげえ会いたくなってる、おまえに。

「へえ。敦彦がそんなに集中力なくすなんてねぇ。驚きだ。うん、でも……人間くさくなったよあいつ。今回もさ、おれが今の彼氏とうまくいってないこととか話したら、予想以上に真剣に聞いてくれたり。昔は恋愛沙汰は各自で解決、他人に相談するのは時間の無駄、なんて豪語してたんだぜ？」

「アア、伊万里が言いそうなセリフだぜ。仕事のスタンスでは今でもそういうとこあるよ。自己責任の追及が激しいっていうか」

王子沢の言葉を聞いて、こいつも伊万里の仕事ぶりをよく見ているんだなと思った。会社での伊万里は時に冷たいほど、他者に厳しい。もちろん自分にも、だ。その伊万里が――

「そんなに……変わったんですか」

変わったよ、と即答された。

「吾妻くんが、変えたんだろうなたぶん」

「おれ?」

おれが伊万里を中学生に戻しちゃったの?

「ん。でね、日本を発《た》つまえにひとつだけ吾妻くんに言っておきたかったのよ。吾妻くんね、すんごい愛されちゃってますよ、敦彦に」

げげっ、なに恥ずかしい単語を口にするんだこの人は! あ、愛なんて、おれ的には放送禁止用語だぞっ。きゃー!

ほら、王子沢だってそっぽ向いてるじゃんかっ。

「ああ、そうやって真っ赤になったりするところが、敦彦には可愛くてたまんないんだろうなぁ……わかる気がするよおれも」

「な、な、な」

「あの敦彦が骨抜きになるのは、吾妻くんみたいなタイプだったんだなぁ——ところで、このおかき、すごく美味しいんだけど」

「あ……ウチの向かいの箕輪《みのわ》屋って煎餅屋で作ってます」

帰りに買っていこう、と柳田が呟く。

「まー、おかき食いながらこんなこと言うのもアレだけど、今はもうおれと敦彦はなんもないから。それだけはちゃんと言っておかないと、おれ敦彦に呪い殺されかねない」

いや別におかき食べながら言ってもかまわんと思いますが——はぁ……そうなんだ。

なんにもないのか。

当たり前、っていうか——うん、そうだろうとは信じてたけど——いや、信じようとしていただけで、不安があったっていうのはつまり、最終的には信じていなかったんだな。

悪いことしたな、伊万里に。

信じてやれなくて——悲しませちまったな………。

「ところで、吾妻くんと恵って、仲いいの？」

「え？　コイツとですか？　まあ、しょっちゅうツルんでますけど」

「吾妻とは席が隣だからな。しょーがねーんだよ」

「しょーがねーってなんだよ、王子沢。こないだ伝票整理手伝ってやっただろォ」

「おれだっておまえに五千回くらいマシンの操作教えてるぞ」

「五千回ってことないだろ。日に三度として、一年でええと……せいぜい八百回だ」

「……マジ？」

王子沢が煙草を取り出しながら聞く。

「日に三回。週五日で十五回。月四週で六十回。一年十二ヶ月で七百二十……ウン」

「そんなに聞かれてたのかおれ……」

「そんなに聞いてたんだな、おれ……いやいや、世話になっちょる。すまん」

実際はだんだん減っているにしろ、ン百回ってことには変わりはない。

「いやいいけどよ。ちゃんと教えた分だけ理解するし……あれだぞ。もうおまえ、自分で時任に言ってるほどパソコン弱くないぞ」

「えっ、そうなの？」

「そうだよバカ。気づけよ。最近じゃ、おまえが係長に教えたりしてんだろ」

「あっ。そういえば！　でもおまえのおかげだぜ王子沢！」

「おう。わ――わかってりゃ、いいよ」

下を向いて王子沢がせわしなく煙を吐く。なんか今日は落ち着きないね、おまえ。

「フーン。仲いいいんじゃん」

柳田の視線が王子沢をツーッ、と舐める。王子沢は目を合わせようとはしない。

「ま、いいや。あんま言及してますますややこしくなるといけない。とにかく吾妻くん、敦彦のことよろしく。あいつ家族の中でも浮いた存在だからさ、実はさみしがりやなんじゃないかななんて、おれは思うのね。優しくしてやってちょうだいよ」

「浮いた存在なんですか？　おれ、伊万里の家族のこと、ほとんど知らないんです」

このあいだやっと、親父さんがバレエ教師だってわかったんだもんな。父・母・兄・妹っていう家族構成だって、実は和泉さんから聞いたってくらいでさ。とにかく伊万里は家族の話をしないんだよ。

「あれ、そうなんだ。聞いてみな？」

「聞けばいいだろーが」

ふたりに言われてしまう。

「なんか――聞き難くて」

寝てばかりだから跳ねまくってる頭を掻く。おれの言葉尻は弱い。

「いいじゃん。わかんないことは聞く。恋人同士なんだから、そういう遠慮はしすぎないほうがいいと思うよ」

兄貴みたいなこと言うなぁと、苦笑したその時、

「……だあれが恋人同士なの？」

いつからいたのか、瞳が仲間に入りたそうな顔でひょいと襖を開けた。唐突だったのでおれは相当焦ったんだけど、ダンサー柳田は笑いながら
「お嬢ちゃんには恋人いるの？」

と上手に話を逸らした。

「んー、いちおうねー。クラスのシンゴくんとコーサイしてんの」

はにかみながら、かつ得意そうに、瞳が答える。

「すげえ。どういう交際なのか詳しく聞きたいなっ」

コラ。王子沢、なにを言いだす。

「でもシンゴくんは長男だから、将来ヨメシュートメ問題とかを考えると、ちょっと気がメいるんだよねー。あそこのオカーサン、キツそうな人なんだもん」

おれたち三人は、どうコメントしていいやら、顔を見合わせてしまった。

週明け、おれは実家から出社した。今夜からはアパートに戻る。実家だと、通勤が大変なんだよね、乗り継ぎ悪いと二時間はかかるんだ。

「おお、喀血男《かっけつ》のお出ましかよ。もう平気なのか」

王子沢の軽口が、なんだか懐かしい。

「うん。迷惑かけたな」

「まったくだ。おれに足を向けて眠れねーだろ?」

「はいはい」

うわー。机の上が山脈になってる。

ファックスとメモと回覧物の山。数日休んだだけでこれだもんな。

「机片づけるだけで今日が終わりそう……」

「それでも、わかる範囲で時任がやってたぜ」

「あいつ、ちゃんと来てる?」

王子沢が頷いた。そして、なんか暗いけどな、と言い足す。そっか。来てるのか。とりあえずはよかった。

まだ始業まで二十分ある。おれはパソコンを起動して、メーラーを開けた。仕事関係の連絡がほとんどだ。でも、おれが探したいのは……ああ、あった。

◆発信／システム営業部推進課／伊万里敦彦
そう。これだよ、おれが一番見たいメールは。あるような気がしてたんだ。

日付は日曜だ。やっぱり昨日も仕事しに来てたんだな。

◆件名【non-title】
心配で、死にそうだ。


たった一行の――それでも万感の想いがこもったメール。

胸が熱くなる。胃じゃなくて、間違いなく胸。

食べ物を消化する場所ではなく、恋しい相手への気持ちを育む器官。

伊万里がこんなメールをよこすなんて。社内メールなんだぞ。誰かに見られたらどうするんだよ。そりゃ詳しくは書いてないけどさ、見る人が見たら、わかっちゃうじゃん――そんなことが、わかんないおまえじゃないはずなのに。

なのに。それでも、このメールを送信せずにはいられなかった伊万里――

おれはメーラーを閉じて、席を立った。王子沢が見ているのがわかったけど、なにも言わないままエレベーターホールに向かう。

ちくしょ、混んでるな……ええい、階段で行く！　非常階段ならほとんど使うヤツはいないだろ。走っても邪魔になんないよな。

伊万里のいるフロアまで、駆け上がる。さすがに病み上がりなので、ちっとキツイ。それでも脚は止まらない。早く顔が見たかった。

伊万里。

………伊万里。何日おまえに触れてないかな？　何日キスしてないかな……？

もうすぐシス営のある階だなと思った時、よく知ってる後姿が見えた。

「はあっ、はあっ、い……伊万里……」

振り向いた顔が、驚きに固まった。

「吾妻……？」

「はっ、はあっ、ご…ごめ……連絡もしないで……電話、何度も、くれたのに……はあっ、おれ、なんか……ガキみてぇに拗ねてて……」

「吾妻、走ってきたのか？　なに無茶して……」

おれのいる踊り場まで伊万里が降りてくる。非常階段はうす暗くて、まるで朝じゃないみたいだ。でも、ここにいるのは間違いなく伊万里だ。ゆっくりとおれの肩に手をかけた。

「身体……きつくないか？　会社出て平気なのか……？」

「うん……心配、させたな。ごめんな？」

背の高い恋人を見上げて、そう謝った。伊万里の瞳がゆら、と揺れる。

長い腕に、きつく抱き締められる。ああ、伊万里だ………。

「吾妻は、なにも悪くない……悪くないだろ……」

「そうかもしれんけど。でも、伊万里を不安にさせたんだろ、おれ？」

おれの髪に顔を埋めるようにして、伊万里が小さく頷いた。

「なら、やっぱりゴメン……不安にさせて……ごめんな」

伊万里がますます力を込める。実はけっこう苦しいんだけど、それがまた幸せな苦しさで、おれはそのまま甘受する。

吾妻、吾妻………

伊万里が何度もおれを呼ぶ。まるで腕の中におれがいても、まだ信じられないとでもいうかのように。

ここは会社だ。

非常階段とはいえ、密室でもない。伊万里みたいに、あえて階段を上る健康志向のヤツが他にもいるかもしれない。でもこの胸から離れがたくて。伊万里もそれは、同じ気持ちらしくて。

もうちょっとだけ。この温もりに、もうちょっとだけ浸りたい。

「なぁ。おまえ、社食で柱に激突したって？」

「――王子沢だな」

おしゃべりめ、とでも言いたげな声だった。

少し緩まった腕の中から見上げると、その顔は困ったような照れているような、そしてそれを抑えているようでもある。おれは苦笑する。もっと顔に出していいんだぞ伊万里。もっと顔の筋肉の力抜けよ――せめておれの前ではさ。

「おれのこと考えて、ボンヤリしてたのか？」

「………そうだ。おまえのことばかり考えてた。仕事にならなかった」

「そうか。ごめんな」

「………吾妻に、嫌われたのかと――怖くて」

ぶるっ、と伊万里の身体が震えたのがわかった。

縋るみたいな強い力で、おれを抱き締める。それは親に置いていかれそうになった子供を思い起こさせた。

「おまえに、愛想を尽かされたんじゃないかって――そんなことばかり考えてた。怖かった。実家に電話しようかと思っても、指がうまく動かなかった。震えるんだ。まるでアル中患者みたいに震えて、自分でも驚いた。おれはこんなに――」

背中に回した手の指で、伊万里のワイシャツを掴む。布越しの背中は熱い。

「こんなに、おまえに依存していたんだと知って、もっと怖くなって」

「依存……?」

つまり——おれと同じ状態だったのか伊万里。

幾分乱れている呼吸。全身の筋肉の緊張。気持が伝わってくる。

「おまえに否定されたら、もう、なにをどうしたらいいのかわからなくなりそうなんだ」

「えーと、つまり、おれがすごく好きってことだろ?」

「好きを通り越して、もはや僕は中毒患者だ。おまえがいないと挙動不審になる」

まあったく、人をニコチンとか麻薬みたいに言いやがって。ぐい、と伊万里の胸から離れて目線を合わせた。あれれ、伊万里ってば目が充血してら。

「依存とか、中毒患者とかでなくてさ。もっと簡単な言葉があんだろ? おれはそっちのほうがいいんだけど」

「——なんだ?」

えー。わっかんねーのかよマジで。もー。しょうがねーなぁ。

おれは不本意ながら背伸びをした。伊万里は少し屈む。こんな定番文句をご教授しなきゃなんないなんて、実に厄介な恋人だぜおまえは。

伊万里の耳元でその言葉を教えてやる。ちぇ。自分で言うとハズカシーんだこれ。

ああ、と伊万里は腑に落ちた顔をして、そしてやっと身体から無駄な力を抜いた。やたらと抱き締めていた力は、余裕のある優しい腕に変わり、大きな手のひらがおれの頬を包んだ。

伊万里のくちびるが、耳の下にキスを落とす。

マウストゥーマウスにしないのは正解だ。こんなところで身体が暴走しだすのは辛すぎる。すでに、お互いかなりの理性で持ちこたえているんだから。

おれの好きな声が、おれの教えた言葉で、おれの鼓膜を甘く振動させる。

「――――吾妻に夢中なんだ……」

言葉の最後の方は、始業五分前のチャイムと同時だった。


その日の仕事はさくさく進んだ。

時任もちゃんと出てきて、おれに深々と頭を下げた。周囲は時任に元気がないのを気にしているようだけど、それでも会社に出ているのだから、あいつなりに落ち着いてはきたんだろう。

考えてみれば、時任も今まで、無理にテンションを上げていたのかもしれない。

トップ入社だもんな、気負うなっていうほうが難しいよ。対して現在はどん底だもんな。気負ってる余裕もないだろう。ギリギリで、踏ん張っているんだと思う。

おれも、出来るだけフォローしてやりたい。ホーセンの息子はいつ来るかわかんないけど、来ても時任に会わせるつもりはない。その話は午前中のうちに緊急用件として工藤課長に話した。うまい脚本を考えるヒマもなかったので
「先方の息子さんと、学生時代に確執があったようです。担当には適していないと思います」

と最低限の言葉を選んだ。

「でもなぁ、吾妻。会社にまできて、学生ン時の事情ひきずるのはなぁ。仕事はそんな甘いもんじゃねぇぞ」

「はい。おれもそう思います。でも課長。やはり時任をホーセンの担当にしておくのはよくないんじゃないスかね。本人の神経が参って仕事の能率がダウンするのは、結果的に会社の損失になり得るでしょう。あいつはあれだけ頭いいんですから、もったいないですよ」

短気課長は首を左右にボキボキッと曲げた。

「んじゃー、おまえ、担当ひとりで続けるってか?」

「はい」

「新しい担当も、削《けず》らねーぞ？　やれっか？　また胃潰瘍になったりすんなよ？」

「あはは。なんないっスよ。今回はちょっと自分の内臓を過信してただけで」

なら、おまえの好きにしろや、と課長は承諾してくれた。おっしゃ！

なんか、いいんでないかい？　病み上がり吾妻くん、気力はあるぞぉ～。やっぱ、伊万里と仲直りしたことがでかいのかな……単純だなぁおれって。

席に戻ってたまった仕事をやっつけていると、時任が手伝える仕事はないかと聞いてきた。

「んー。まだおまえに説明してない処理のが多いから……コピーくらいしかないぜ？」

「はい。コピー、してきます」

「じゃ、頼む。ちょっと多いから、印刷室でかけてきて」

「はい」

倍率と必要部数をメモした付箋《ふせん》をつけて、時任に渡す。部屋を出ていく少し丸い背中。

頑張んな、時任。

おまえの過去は誰にも変えられないし、起こっちまった事はどうしようもない。おれだって、たいして助けてやれもしない。結局一人で藻掻《もが》いて、なんとか水面に顔を出すしかないんだ。

苦しくても、諦めて沈まないでくれ。勝手な言い分で悪いけど、おれはそういうの近くで見るのヤなんだよ。辛いんだ。なんとか頑張って欲しいんだ。

「時任くん、変わったわねぇ」

そう言ったのは、部の庶務関係を担当しているベテランＯＬ、宮益《みやます》さんだった。

「そう思います？」

「変わったわよ。前は人のコピーなんか絶対に取りにいく子じゃなかったもの。自分で使うものだって、調子よく女の子に頼み込んだりね。一時はヒンシュクかってたのよ。あのままだったら近いうちに女性陣から総スカン食らってたはず。っていうか、あたしがキレてたかも」

「そんなことになってたんですか……す、すんません」

「吾妻くんが謝ることはないけどね」

そう言いながら、宮益さんが回覧用の業界紙を渡してくれる。スクエアに整った爪が綺麗だ。確か河川敷さんと同期だったかな。たまに一緒にランチしてるのを見る。

河川敷さんは（中身は別として）外見的に地味だけど、宮益さんはバシッと化粧して、私服なんかもバリッとブランドもの。お愛想笑いのないところは河川敷さんと一緒だ。

「それに、ここ何日かは元気はないんだけど、妙に低姿勢になって……入社以来、男性社員の言うことしか聞かなかったのに、今朝もあたしが廃棄新聞の束《たば》抱えてたら、おれが持ちます、なんて来てくれて。ビックリしたわよ。なにがあったのかしら？」

「さあ――きっと、やっと周りが見えるようになってきたのかな」

「周り？」

「今まで、あいつなりの緊張感でテンパってたのかな、なんて。そういう時って、周りと自分の位置関係、見失うじゃないですか。ひとりで気負って、仕事出来るヤツって思われたくて。仕事って、みんなでするんだってこと、忘れちゃう、みたいな……」

ふ、と宮益さんが優しい顔になった。

「仕事はみんなで、ね――なんか吾妻くんが紀和子のお気に入りなのがわかるわ」

へっ？　紀和子って、河川敷さんですか？　おれ、お気に入りなんですか？　うわあ、キワ様ファンの皆様に怒られてしまいそうだ。

「おや。わたくしの話をなさっていますか？」

パーテーションの向こうから、フッと足音もなく登場したのは、まさしく河川敷さんだった。ナイスタイミングすぎて怖い。ううむ、デビルイヤー……。

「宮益さん。こちらなのですが。部長印のない書類を回していただいても、処理致しかねます」

「なんですって？　このあたしがそんなポカするもんですか。あら。この書類あたしのチェック通過してないわよ。誰よ勝手に人事に上げたのは」

「きちんと部内でチェックしていただきたいものです」

「あたしを無視するヤツがいたらどうしようもないわよ」

「そんな勇気のある方がいらっしゃいましたか。出世なさいますね」

「なによそれ。そんなポカ野郎はこの部にいる限り出世させやしないわよ……誰の書類？」

あのー、おれのデスクの後ろでそんな会話されてると、とっても怖いんですけど。

お、おれだったらどうしよう。

いやいや、それは絶対ないはずだよな。おれは全部宮益さんのチェック入れてもらってるもん。

別名・宮益関所を破るなんてそんなおっかないことしないもん。

「………ちッ、部長本人じゃない。自分のハンコ忘れてどーすんのよ、ドロンパめ」

ドロンパっていうのは言わずもがな、部長のあだ名だ。古すぎておれも思い出すのに時間かかったんだけど、オバQに出てくるアメリカかぶれのオバケだって。そう、部長は三年間のアメリカ勤務がものすごく自慢らしくて、酔うとすぐにその話を始めるのよ。

ちなみに体形も、似てる。

「今もらっていただければ、明日中の処理に回せますが」

「はいはい。ちょっと待ってて」

ピシ、と書類の隅を爪で弾《はじ》いて宮益さんが部長席に向かった。おれは河川敷さんに、空いている王子沢の椅子をすすめる。

「ありがとうございます。お加減はいかがですか」

「はは、わりと元気っス。まだ刺激物食べちゃダメなんですけど」

「食生活の見直しをおすすめします。一人暮らしですと、外食ばかりになりがちです」

「そうなんですよね。あ、河川敷さんは実家ですか？」

「いえ。友人とシェアして部屋を借りています」

ああ、そうなんだ。友人……彼氏とかだったりして。河川敷さんの彼氏……うう、想像がつかない……。火星人とかでも驚かないかもしれん。

そのへん詳しく聞きたいなぁ、と思っていたら内線が鳴ってしまった。向かいの時任の席だ。

「はい。食品部です。……あ、時任はいまちょっと外してるんですけど」

受付からだ。

時任に来客らしい――嫌な予感がした。

「お客様はどなたです？　……ああ、そうですか。ええと……そこでお待ちいただいてください。おれが今行きます」

来たぞ。来た来た。

豊泉佳巳だ。

やばいな。まだ時任を担当から外す連絡を、ホーセンの社長にしていない。

「河川敷さん、失礼します。ここ座ってて平気ですから」

「はい。では遠慮なく」

おれは受付のあるエントランスに急ぐ。豊泉佳巳がなにをしに来たのかはわからない――純粋に、仕事の話か。いや、それはないだろう。もしそうだったら、事前に電話の一本でもあるのが当然だ。連絡を入れないのは、時任に逃げる隙を与えないためっていうのが妥当な考え方だ。

「あれれ。吾妻さんじゃないですか。時任を頼んだんだけどな」

にっこり笑う余裕は、おれが事情を知らないと思っているからだろうか。あるいは知っていてもおかまいなしなのだろうか。

「すみません、時任はちょっと外していまして。今日はなにかお約束でしたか？」

もちろん、わざとそう聞いた。

「いいえ。ただ近くに来たもんですから、時任の顔でも見ていこーかなぁってね。こないだ様子変だったし、あの後も吾妻さんからしか電話もらってないしねぇ」

そりゃあんた、かつて自分をいじめまくった相手に電話するわけねぇだろ。

「申しわけありません。時任は、ちょっといつ戻るかわからないんですよ」

こっちも満面の笑顔でそう返してやった。豊泉の顔つきがやや険しくなる。

「社内にいるんでしょう？」

「ええ、ですが手の放せない仕事にかかっておりまして」

「わざわざ会いに来たんだけどなぁ」

「誠に申しわけございません」

すぐ側で聞いている受付嬢が、こっちを気にしているのがわかった。不穏な雰囲気が伝わっているのだろう。

「あれ――なんだ、帰ってきたじゃないですか」

しまった。

印刷室から戻った時任が、エレベーターを降りて、エントランスを通ったのだ。くっそ、タイミング最悪だよ。

「おい！　時任！」

豊泉が、怒鳴るように呼ぶ。

時任の身体がビクンッと震える。紙束を抱えたまま、こちらを見て凍りついている。

「ああ、大声で失礼。つい、中学生時代に戻ってしまいました。時任くん、こっちこっち」

なに言ってやがる。

わざとだってぇのは見え見えなんだよ。おれの笑顔も痙攣めいてきた。

時任は動かない。すると豊泉が自ら移動した。わざとゆっくりした歩み。怯えて逃げることすら出来ない獲物に近づく獣みたいに。

しかも、この獣は獲物をいたぶるのが楽しくてしかたないんだ。

「あの、あのですね豊泉さん。まだお伝えしていなかったんですが、事情がありまして時任は御社の担当から外させていただきたいんです」

「なんですか、それ。聞いてないなぁ」

「改めて私がお伝えするはずだったんですが、本日は急にお見えになったので。ですからなにかお話があるのなら、私が御伺い致しますので」

「んー、だからね吾妻さん。ちょっと時任の顔を見に来ただけなんですよ。気を遣わなくてけっこうですから。ああ、どこか小さい会議室でも空いていれば、ちょっとお借りしようかな」

「豊泉さん、ええと、」

こっちの話なんか聞く耳ありません、って感じだ。時任の目の前に行くと、青ざめた獲物の顔を、楽しそうに覗き込んだ。

「よーう、時任くん。どうよ、張り切って仕事してる?」

「よ……佳巳、クン……」

「あっ、懐かしいなぁその呼び方。嬉しいぜまたおまえに会えてさ。なぁ時任?」

ニタニタと笑う豊泉は、急に時任の耳のそばに口を寄せた。他には聞こえない音量でボソボソッと喋る。ただでさえ悪かった時任の顔色が、抱えているコピー用紙みたいに真っ白になる。

「えーと、豊泉さん。時任はこの後も予定が詰まってまして」

「ちょっとでいいんですよ。な、時任?」

「ですから、そのちょっとが困るんです」

「吾妻さん勘弁してよ。あなた時任のマネージャーなんですかぁ? ほんの三十分でいいんですよ。それくらい時間取れるだろ、時任。なあ?」

「あ、あの……あの……」

「取れないんです」

「おれは時任に聞いてるんですよ。取れるよな時任?」

「う……」

「と、れ、る、よ、な?」

まるで、脅《おど》しだ。時任の抱える紙束がカサカサ言う。震えているんだ。

目を疑った。なんで子供のいじめの再現が、こんな場所で行われてるんだ?

ここは、会社だろう?

オトナが集まって、仕事する場所だろう?

どうしてこんなことになってるんだよ。おかしいだろ。こんなの変だ。

「と……取れます……」

上擦った声で、時任が言う。豊泉が薄笑いをする——ゾッとするような顔だった。

つまり、これが結末なのか。

学校でいじめられ、その傷をなんとか過去の記憶にしようとしていても、運が悪ければまた引きずり戻される。時任は逆らえない。見れば、わかる。染みこんだ恐怖感はそう簡単に抜けない。死にたいと思ったほどの、いわれのない虐待。

絶対的な服従を強制されていた時任。強制していた豊泉。

——おれは、いったいどうしたらいいんだろう。

ここで豊泉を殴りつけでもしたら、なにか変わるんだろうか。豊泉は時任につきまとわなくなるんだろうか。

「ほぅら吾妻さん。時任がそう言ってるんだからいいでしょう？　せっかくの再会なんですから、ふたりで話をさせてくださいよ」

「場所がありません。会議室はいっぱいなんです」

それでも食い下がるおれを、豊泉が呆れたように見下ろす。

「こんなでかい会社の会議室がいっぱいねぇ？　それはそれは……じゃあ時任、会社ひけてから会うのでもいいや。おまえの電話番号教えてくれるよな？」

ああ、だめだ。時任、拒否しろ——また繰り返しになる。

またおまえは、踏み躙《にじ》られるんだぞ？

「ほら、この名刺の裏に書けよ。携帯じゃなくて、自宅な？　住所もついでに書いておけ？」

時任が絶望的な顔をして、胸のポケットからペンを取る。

おれはそれを呆然と見ているだけだ。なんの力にもなってやれない。だって、どうしたらいいんだ。誰に助けを求めればいい？　上司か？　時任の親？

ある意味、子供のいじめより始末が悪い。大人同士の関係に介入するのはすごく難しい。

時任も豊泉も……いや、そうなんだ。今気がついた。

大人じゃない大人が、未熟なままの、ひ弱なままの、我《わ》が儘《まま》なままの大人が、世間には腐るほどいるんだ――――。

「佳巳くんではありませんか？」

「ア？」

自分を呼んだ静かな声に、豊泉が横柄な調子で、大儀そうに視線を動かした。

だが、そこにいる人物を見た途端、その目の色が変わる。

一瞬にして、豊泉は凍りついた。

目を見開いたままのフリーズ。

獲物をなぶる肉食獣の気配は消失し、生まれたての子鹿みたいに膝がカクンと折れた。身体が少しぐらつく。時任に渡そうとしていた名刺が、その手からハラリと落ちる。

「き――――紀和子先生……？」

「ああ、やはりあなたでしたか。背丈は伸びたようですが、お顔はさほど変わりませんね……でも小賢《こざか》しさに磨きがかかったような気も致します。ふむ。まだ背広はしっくりきていないようです。その縞《しま》模様は場末のホストを彷彿とさせますねぇ。ビジネスマンでしたら、もっと地味なデザインのスーツが相応《ふさわ》しいかと」

ずり、と豊泉が後ずさった。

口をぱくぱくさせて、なにか言いたいようだが、音として出てこない。

「ところで。本日はどういったご用件で？」

「あ……」

「勝手な言い分で申し訳ないのですが、わたくしの前には、出来るだけ現れていただきたくないものです。どうも佳巳くんを見ると、思い出してしまいます。自分の中の認めたくない暴力性ですとか、そういったものを。改善したいと思いつつ、まだまだのようです。こうして、」

河川敷さんは一度言葉を切った。

そして三秒後、再び真冬の月みたいに冷たく冴えた声を出す。

「こうしてあなたを見ていますと、未だに、もっと徹底的にこらしめるべきだったのでは、などと考えてしまいます」

豊泉が息を呑む。背中一面鳥肌なんじゃないかなぁ、という顔だ。

「すっ、すみませんでした……帰ります、帰りますから、おれっ」

もう時任など目に入っていないようだ。おれたちにはなにがなんだかわからない。とにかく、豊泉と河川敷さんが知り合いだっていうのは確実だ。じりじりと後ずさる豊泉は、まるで背中を向けたら河川敷さんに切りつけられると怯えているように見える。

「し、し、失礼します！」

「ああ、佳巳くん」

あと少しで入り口の自動ドアというところで、河川敷さんに呼ばれ、豊泉がハヒッ、とひっくり返った言葉で返事をする。

「お父様に、よろしく」

その言葉にガクガクと頷き、あとは脱兎《だっと》もシャッポを脱ぐ勢いで、豊泉佳巳は帰っていった。

時任が、唖然としている。

おれももちろん、まったく事情が飲み込めない。周りにいた誰もがそうだったはずだ。受付嬢の首は軽く傾いだまま固定されてしまっている。

キワ様って――いったい、何者なんだ？？？

5

「で？　どういう知り合いだったんだ？　河川敷さんとその豊泉とやらは」

「カテキョーだったんだって」

「なんだって？」

「家庭教師。豊泉の、高校の時の家庭教師を河川敷さんがバイトでやってたの」

ちゅるん、とうどんを啜りながらおれは説明した。

仕事が七時に終わり、伊万里に内線して一緒に帰る。今日もまた雨だ。傘がいるかどうか迷うくらいの霧のような雨。明日にはあがるって、今朝の予報では言ってたな。

消化のいいものを食べようってことで、伊万里の知ってるうどん屋さんに連れていってもらった。薄い色のおつゆだから、讃岐《さぬき》になるのかな？　お出汁《だし》がすんげー美味しいの。

ちょっと味にアクセントが欲しくて、七味を入れようとしたら伊万里に「ダメだ」とストップをかけられる。うーん、こんくらいは平気だと思うんだけど……わかったよ、そんな心配そうな顔すんなよ。

「だけど、家庭教師になんで怯えるんだ？」

もっともな疑問だ。うん。おれと時任も、後で礼を言いに行った時、そう聞いたんだよ。礼って言っても河川敷さんには、時任を助けたつもりなんてこれっぽっちもないんだけどね。

――ああ、なにか厄介な来客だったのですね。それは偶然とはいえ、お役にたてたなら幸いです。

そんなふうに、いつもと同じ顔をしていた。

豊泉は高校生の時もやっぱり問題児だったそうだ。

母親の再婚で、ホーセンの社長の息子にはなったんだけど、なにしろ素行が悪くて成績も悪い。

社長は心配して、優秀な家庭教師をつけたわけ。

けど、誰一人として長続きしない。男だった場合は、せいぜい三日。女で美人だと一週間は我慢しているらしいが、そのうち違うお勉強をしたい、などと言いだす。

派遣されていたのは国立大のまじめな優秀な学生ばかりだったらしく、豊泉のようなワルはとても手に負えなかったわけだ。泣きながら辞めていった女学生は数知れず。

「で、そこで河川敷さんの登場。…伊万里、ネギ入れないなら、ちょーだい」

「入れないけど……ネギは胃に悪くないのか？」

「平気だろー？　野菜じゃん」

そうか、と刻みネギの入った小皿を渡してくれた。ちょっとだけ、指先が触れる。

それだけで、ジン、と痺《しび》れた――わぁ、吾妻くんビンカン……。

「河川敷さんは、そいつを手懐《てなづ》けたのか？」

「少なくとも口先だけのからかいとか、脅しなんかに屈するってことはまずないだろ、あの人の場合。なにを言っても顔色ひとつ変えないんで、豊泉もキレてさ、その……手を出そうとしたらしいよ。女はこうされんのが一番ビビるだろうってさ」

むかつく話だ。そういう発想にはヘドが出るよ。

「個室で勉強を教えるわけだからな……危険、だな」

「でもね――河川敷さん、逆にのしちゃったんだって……」

伊万里が、どんぶりに向けていた視線を上げた。うどん食っててもいい男だなぁ。

「あんな小柄な人が？」

小柄なんだけど、いつか脚立を支えていた腕は普通じゃない。日々筋トレしてる可能性もあるよなぁ。伊万里にはこの話はしてないから、小さくて細い河川敷さんは力も弱いと思ってて当然なんだけど。

「予感があったから、スプレー用意してたんだって。なんか、あるらしいよそういう護身用グッズ。唐辛子《とうがらし》の成分とか言ってた。さぞ目が痛てーだろーなぁ」

「さすがに周到だ」

本当は、バイトをやめるという選択肢もあったと思う。

河川敷さんなら、あのタイプの男がなにをしでかすかなんて、当然お見通しだったろう。一番の安全策を取るならば、自ら身をひくこと。

だけど、あの人は、それをしなかったんだ。

イヤだったんじゃないかな。逃げたら負け、っていうのもあるけど、それ以上にまた同じ事を別の女の子に繰り返すであろう男を、許したくなかったんじゃないのかな。実際に河川敷さんがどう考えていたかはわからないけど、おれはそんなふうに感じたんだ。

「で、その後どうなったんだ?」

「いや、詳しく話してくれなかったんだよ……若気の至りでつい暴走してしまいました、とか言ってたけど。あと、」

「あと?」

きつねうどんのおあげを沈めながら、おれはちょっとだけ周りを窺《うかが》って、小声で答えた。

「肝要な場所が、役立たずにならないように、手加減はしたのですが……って」

伊万里の箸がピタと止まった。そして呟く。

「怖いな……」

「怖いよな……」

絶対、敵にまわしちゃいかんよ、あの人は。


うどんの後は、伊万里の家にふたりで帰った。

玄関を閉めるなりキスを交わしあう。ふたりとも無言だった。言葉より肌で感じあいたくて、ひどく焦《じ》れていた。

おれにも、伊万里にも余裕がない。靴も上着も脱がないままの長い長いキス。身体と同じくらい、心が熱くなる。

やっぱり伊万里が好きだ。一度くちびるを離し、すぐそこにある顔を見て思う。凛々《りり》しい眉の下、一見冷たそうで奥には情熱を潜めた瞳がおれを見つめている。

今は、おれだけを見ていてくれる。せつなくなって、喉が詰まる。

おまえが今までに何人の男を抱いてようと、たとえおれがその中のひとりに過ぎないのだとしても――おれはおまえが好きだよ。

「吾妻……なにを、考えてる……？」

「なにも……」

「嘘だ、なんでそんな悲しそうな顔をするんだ？　僕の腕の中にいるのに、どうして泣きそうな顔になっているんだ……吾妻……」

泣きそうな顔？

おれ、そんなふうに見えるのか。やだな。変だな。

「頼むから──そんな顔しないでくれ。なにか僕に言いたいことがあるなら、言ってくれ。なんでも答える。吾妻に嘘はつかない──約束する」

頬を大きな手で撫でられる。

おれの中の不安を……伊万里はちゃんと嗅《か》ぎ取ってる。

「聞いても、意味のないことを聞くかもしんないぞ？」

「なんでもいい」

「おまえ、呆れちゃうかもしれないぞ。おれが、女々しくて」

「僕は吾妻の十倍は女々しいよ。自覚している」

それを聞いて、おれは少し笑った。本当に、女々しいなおれたち。女々しいというか、可愛いというか──恋をすると、きっと誰でも、こんなふうになるんだな。オトコノコの虚勢がポロポロと剝がれ落ちてく。

それでもいいや。いっそ軽くなるよ心が。

「じゃあ。ええと……なんで、王子沢のこと気にすんの？」

「単なる嫉妬だ。時任に洗脳されたのかもな」

伊万里が洗脳？

人間ＣＰＵと呼ばれるおまえが？

「吾妻のことになると、だめなんだ。恋は盲目って言った人は正しい……時任もなかなか利口だった。おれのところに来るたびに、少しずつ吹きこんでいくんだよ」

「……あのさ。そもそも、なんでそんなに時任の相手をしてやってたのかも、ちょっと不思議なんだけど」

そう聞くと、伊万里がやや戸惑った。そして
「――――それは……きっと吾妻だったら、そうするだろうと思ったんだ」

「え？」

「おまえだったら、頼ってきたヤツには親切にするだろう？　面倒だからとか、時間がないからって、拒絶しないだろう？　僕はそういう吾妻をすごく――――その。尊敬してるから……おまえみたいになりたいって思って……」

「そ、そんけェ？」

伊万里が、おれを？

「見習いたい、と思ったんだ……カイリのことも、同じで……別れた相手の相談にのるなんていうのは、僕の流儀ではなかったんだけど……」

見習いたい！

き、聞いた聞いた？　おれを見習うって、あんた、伊万里、そんな。おれを？？？

吃驚《きっきょう》仰天《ぎょうてん》。四字熟語が出てしまう。

「ほえ……そう、だったんか……思いつかなかった、ごめん……」

アホ面になってるおれを見て、伊万里がそんなに驚かないでくれ、と小さく言う。

「あとさ。昔の話で恐縮なんでスけど……どうして、柳田カイリと別れたんだ？　あんなかっこいい人、ちょっといないだろ。性格だって良さそうだ」

「……そうだな。いい男だった。でも」

「でも？」

「手に入れると、関心が薄れるというか……」

「飽きた？」

「そうなのかも、しれない。それまでも、そういうパターンが多かった。僕は品行方正にはほど遠いゲイだったから」

――おれのことも、いつか飽きるの？

そのセリフは飲み込む。

だって、同じことを伊万里に聞かれたら、どうする？　それになんて答えるんだ？

一年後、十年後、二十年後。おれたちジジイになってもこんなことしてんのか？　結婚とかどうすんだ？　子供は？

そんな先のことは、いい。

自分にも答えられないようなことを聞きたがるのは卑怯だ。先のことはわからない。

けど、今と。

それから、明日のことくらい、聞いておきたい。

今夜安心して眠れるように。

「なあ、伊万里」

「うん……？」

「明日、おれのこと、好きか？」

「明日？」

「そう。明日も、おれのこと、好きでこうして抱き締めたいって思うか？」

背に回したままの腕に、力をいれた。暖かい。

人間て、あったけぇよなァ。

「思うよ……明日も、おまえが大好きだ。吾妻」

たぶん、おれの気持ちは伊万里に伝わったんだと思う。永遠の愛なんかいらない。そんなもんは絵に描いたモチだ。おれ、モチ大好きなのに、絵じゃ食えないのは悲しいぜ。

だから、とりあえず、明日だけ。

明日だけの約束なら、このくちびるに乗せてもいいと思う。

「おれも、明日、おまえを大好きだよ――それから、今も」

伊万里の深い吐息。震えている大きな身体。

吾妻、たまらない、抱きたい、と掠れた声がした。

だから答えた。おれも伊万里が抱きたいよ、って。


不思議だ。

こんなにどろどろに抱き合って、溶けてしまわない自分が不思議だ。融解して、伊万里と混ざり合って、ひとりの人間になってしまわないのが不思議だ。

「うっ……ふ……あっあ……」

あんまりイクと、おまえの身体が疲れるから。

そんな理由のもとに、伊万里はなかなかおれを極めさせてくれない。それでも一度目の波は伊万里の口の中であっけなく弾けた。その後はまだ許されていない。伊万里の指がおれの奥に埋め込まれて、決して急がずに広げている。

「い……伊万里、おまえ、我慢してないか……？　は、早く挿《い》れたいんじゃ……あッ、んっ」

うつ伏せて、腰だけが上げられている。

おれの背中に伊万里のキスが幾つも幾つも降る。

「僕のことはいい、から。もう少し、広がらないと痛いだろ……？」

「ん、んっ、そこ、や、だめ……っ」

二本の指がばらけた動きでおれを追いつめる。きゅんきゅんと締まる内部。もっと欲しくて柔らかくなる入り口。おれのそこは伊万里と繋がるために、変化していく。

「吾妻の声だけで、イきそうだ」

伊万里が苦笑する。それはそれで嬉しいかなぁ、なんておれは考える。

あ、でも。

そう――そう、だよ。

「待って、伊万里……ちょっと、ぬ、抜いて……」

「——痛いか？」

ゆっくりと、伊万里の指が去っていく。くぷん、とイヤラシー音がして、おれの鼓動がまた跳ねる。

「ごめん吾妻。どこか傷つけたか？」

「違う……そうじゃ、なくて」

横向きにされて、優しく抱き締められた。

互いの硬くなったペニスが、身体から生えた枝みたいに、当たる。擦れる感触に、ふたりとも喘ぐような息を漏らす。

おれはゆっくりと、身体を下にずらしていった。

「……吾妻？」

伊万里の腰骨に手を乗せて、長い脚の間に入る。目の前に屹立した伊万里の……いや、よくこんなデカイの入るよなァ、おれ……。あとちょっと細かったらずいぶん楽なんだろうけど、でもまあ、持って生まれたモンだからしょうがない。

先っぽの僅かな窪《くぼ》みに、滴が溜まってる。

おずおずと、舌を伸ばして舐め取った。糸をひく、粘性の液体……。

「っ……吾妻、そんなことしなくて、いいから——」

「チャレンジしてみたいんだけど……ダメ?」

ダメなことはないけど、と答える伊万里の声が上擦っている。

実は、おれ未経験なんだよね。かなり前に、おれはしなくていいの? って聞いたら、しなくていいって言われて現在に至るのよ。その時は、まだ男のを銜えるって行為に、抵抗があったんだよな。自分がされるぶんにはいいのに、ずいぶん我が儘な話だ。

今は、抵抗感なんかない。

伊万里の身体はどこもかしこも、すべて好きだから。特にココは、おれと繋がる大切な器官だもん。キスしたくなるのも当然だ。

「下手だったら、言ってくれよ?」

「あづ……うっ——」

根本から、舌で舐め上げていく。伊万里の茂みが頬にチクチク当たる。そういえば、髪も硬いほうだもんな。おれは下の毛もぽわぽわしてんだけど。

筋張った茎に唾液を塗り込めるようにして、徐々に先端に向かう。雁首のくびれも、丁寧に。いつも伊万里がしてくれるように。

「ん——吾妻……いいよ……」

「ほんとか? 気持ちいい?」

「すご、く……いい……吾妻の可愛い口でされてるのかと思うと……おかしくなりそうだ……」

気を良くしたおれは、パクリと全体を口に収めようとする。あ、全部は無理だわ。伊万里のは長さもあっから……入りきらない部分に指を添えて固定する。

「く……あっ！」

「んふっ――んっ、んっ……」

鼻でしか息出来ないから、ちっと苦しいや。

それでも伊万里がいい声を聞かせてくれるのが嬉しくて、舌を絡めながらくちびるで圧を加えて上下させる。伊万里の腹筋にぐうっと力がこもる。おれの頭に指が差し入れられ、髪を乱される。

銜えているおれまで感じる。興奮する。

だけど、嫌いな相手に、無理矢理こんなことさせられたら――

死にたいと言ってた時任を思い出す。あいつが可哀想で、胸が痛い。人の不幸を知って、自分の幸せを再認識するなんて、ひどいことだろうけど……でもおれは今、好きな相手とこうしていられるのを感謝したい。

伊万里がいて、よかった。

伊万里と抱き合えることは、間違いなくおれの幸せだと思う。

じゅぷっ、じゅるっ――赤面ものの音がしちゃうのは、だらだら流れる唾液のせいだ。飲み込むヒマがない。すごく舌触りのいい先端部分は、おれの舌の刺激でいっそうふっくらと張りつめる。

「うっ、あっ……だめ、だ吾妻。やめろ……」

「うぐ？　このまま出してもいいよ？」

上半身を起こして、伊万里がおれの顎に手をかけ上向かせる。目が合うと、言う。

「挿れたいんだ……」

わぁ。なんかイイ顔になってんなぁ……目元が紅潮して、少し寄せられた眉が色っぽい。ぞくぞくするよ、伊万里。

「ゴムとゼリーちょうだい、伊万里――このまま、上でしても、いい？」

「いいよ。吾妻に乗られるのは大歓迎だ」

くちづけながら、熱く囁かれる。うん、おれも上になるの好き……恥ずかしいのもあるけど、でもたぶんそれが刺激になって、感じるんだ。

ほぐれた部分に潤滑剤を塗りこんで、伊万里のにも準備をして、腰を下げていく。

綻《ほころ》んだ入り口が広がって――おれたちは繋がり始める。

「は――んっ、あ……うくっ……」

半分くらいで一度深呼吸する。自分でコントロール出来るのはいいんだけど、なかなか思い切りがつかなくて、奥まで受け入れるのには時間がかかるんだ。伊万里がじっとおれを見ているのがわかって、安堵と羞恥がないまぜになる。

「ゆっくりおいで、吾妻……苦しかったら休みながらでいいから……」

優しくて甘い声。

「うん……」

「吾妻……好きだよ。大好きだ……」

おれは、泣きそうな顔で笑ったと思う。

体重を少しずつ落として、深く入っていく、伊万里の楔《くさび》を味わう。たった今くちびるで確かめていたその形。太さ。その存在感。

「ああ……あああ……」

「──熱い……吾妻……」

おれも熱い。

奥まで届いた。とんでもない部分を広げられている感覚は、今でも違和感を訴えるのをやめない。だけどその違和感は、上手に慣らしていくと、気が違うほどの快感を生み出す。

ぐっ、と伊万里が突き上げた。

おれは声も上げられず仰《の》け反《ぞ》る。隠しようもなく天を向いたものから、とろん、と先走りが流れ落ちた。

「動いて、ごらん……ゆっくり……」

促され、伊万里のひろい胸に手をついて腰を揺らす。異物に慣れてきた内部が、擦られて悦《よろこ》び始める。もっともっと、と絡みつくような収縮を始める。

「ふあ……は、んッ、あッ……いまりぃ……」

「……溶けそうになってる……」

「あああっ!」

一番敏感な部分を伊万里の亀頭がかすり、全身にザアッと震えが走る。突然の高波に身体ごと持っていかれるような感じだ。

どんなに藻掻いても、もうだめ。ただ悦楽の波にもみくちゃにされる。

自分で上体を起こしているのが難しい。

感覚が身体からはみだしているんじゃないかと思う。シナプスが、ハレーションを起こす。

「吾妻、吾妻……僕の………」

崩れそうなおれを抱えるため、伊万里が上半身を起こす。抱き留められて、激しく揺すられた。いつもならさんざん焦らしてからじゃないと責めない場所を、伊万里の硬い欲望が責め立てる。

ぐしゅぐしゅと濡れた音が、遠くなる。

なんだかおかしい。目がかすむ。

「ひ――アッ……う、う、あぁ……」

五感の中、触感だけが抜きんでて、まるで快楽に殴られているみたい。

噛みつくようなキス。そのまま体勢が変えられて、おれの背にシーツがつく。伊万里が脚を抱えたままのしかかった。

「あああっ！」

信じられないくらい深い場所で、おれははっきりと伊万里を感じ、誰かに後ろから押されたみたいな勢いで――頂《いただき》からダイヴした。


伊万里の腕で惰眠《だみん》を貪る日曜日。

おれの中ではもっとも贅沢な時間のひとつが、穏やかに流れていく。

「んん～。なんか伊万里の身体、カピカピしてんぞぉ」

「風呂にも入らず寝たからな……はっきり言って、シーツなんかすごいことになってるぞ……」

「センタクしなきゃなぁ」

「そうだな……」

「シャワー浴びないとなぁ」

「そうだな……」

とか言いつつ、ふたりとも全然動く様子もない。お互いの体液なんか、汚いともなんとも思ってないからな。ひどい状態のシーツにくるまっていちゃいちゃしていたら、電話の音に邪魔をされた。携帯じゃなくて、家の電話だ。

身体を起こして、伊万里がベッドサイドの子機を取る。

乱れた髪。う。カッコイイじゃん。

「はい伊万里――お母さん!?」

あ、ママからなのね。

けど、自分の親からの電話で、なんでそんな驚くのよアンタ。

「いったい今どこに――え？　もう、いいかげんにしてください。ちゃんと連絡してくれないと困りますよ。お父さんがメソメソしてうるさいんです。時差も考えないで電話してくるんですからあの人は！　……は？　半年前にした連絡なんて連絡のうちに入りません！」

珍しいな、息巻いてる伊万里って。

おれは興味津々でシーツから頭を出した。

「僕？　僕は元気ですが……兄さん？　知りませんよ。兄さん電話もひいてないんですから。敦《あつ》子《こ》？　元気だと思いますよ連載は続いてるから」

敦子って妹さんかな。連載？

「……あのねぇ、お母さん。僕にみんなの近況聞いたってわからないっていつも言ってるでしょう？　だいたいあなた方好き勝手ばかりしてて、引っ越しても連絡のひとつもよこさないじゃないですか。それで僕を事務局がわりにされても困りますってば」

本当に迷惑そうな声だった。うーん、喩《たと》えるなら、言うことを聞かない子供ばっかりにあたってしまった小学校の担任の先生みたいな。

「とにかく、お父さんに電話してあげてくださいよ！　ついでにいちいち息子に泣きつかないように言っておいてください！　……え？　恋人？　ええ、いますいます、僕は幸せですから大丈夫ですってば！　……は？　なっ——こっちの性生活の心配なんかしてくれなくて結構です！もう、切りますよッ」

すげー。初めて見たかも、こんな伊万里。驚いてるのと呆れてるのと慌ててるのと照れてるのとが、ごっちゃになって思わず声が大きくなった、ってとこかな。電話を終わらせてからも、ハー、とらしくない溜息を零す。

「今の、お袋さん?」

「ああ……相変わらずのマイペースだ……まったく、自分勝手なんだから……」

「ちょうどいい機会だから、聞いてみようかな。うん、聞きたいことは聞けってみんな言ってたもんな。

「えーとさ。伊万里の家族って……どんな感じなんだ?」

やっぱ、王子沢の予想みたいにエリート揃いで抑圧されて育っちゃったのおまえ?

「——ああ、話したことなかったな。僕のコンプレックスとセットになっている部分だから、
無意識のうちに避けていたかもしれない」

劣等感《コンプレックス》。やっぱみんな、伊万里以上のバリバリのエリートなのか!

「あれか? えーと、お父さんは……あ、バレエの先生なんだよな。とすると、すごい有名な、
なんだっけ、ロイヤルバレエ? とかにいたり?」

「そんな名門で教えてるわけないだろう。だいたいロイヤルは英国のバレエ団だ。父のいるワシ
ントンは、アメリカ合衆国」

……あ、そうか。ワシントンって言ってたっけ。

「じゃ、お母さんはもと華族で財閥の娘さんだったとか。んでお兄さんは外交官、いや国連とか
に勤めてて辺境の外国に行ってるとか!」

「――――なにか激しく誤解しているようだな。母は確かに今海外だけど、兄は日本にいる」

あれ？

「ほんじゃー、妹は……連載、とか言ってたから作家？」

「……まあ作家という言い方も、出来る」

やっと当たった！　そっか文学者か！　女流作家ってやつ？　まだ若いのにカッコイイッ。

「漫画家だけどな……」

「へ？」

乱れた髪に手櫛《てぐし》を入れながら、伊万里が煙草を探す。ベッドの脇に落ちていたそれを拾ったが、カラだったようだ。

「うちは一言で言えばアーティスト一家なんだ。父親はバレエ教師、母親は日本画家、兄は陶芸家で妹が漫画家」

「はあ……それはまた、素晴らしく芸術一家だな……」

「伊万里家では、一芸に秀でていることこそがなにより大切なんだよ。僕のように勉強しか取り柄のない人間は肩身が狭い……子供の頃にバレエも絵も習わされたけど、ものの一ヶ月でおまえには向いていない、って見捨てられたよ。もっとも、僕もイヤイヤやっていたけどな」

「じゃあ……伊万里のコンプレックスって……」

くしゃりと潰されたのはマルボロの箱。

王子沢と同じ銘柄だけど色違いだ。伊万里のはグリーンで、メンソールバージョン。

「優等生なこと、かな。勉強も運動もよく出来ました、という評価はもらえる。でも、そんなもの、うちの親はちっとも喜ばない。フーン、でお終《しま》いだ。もっと爆発的で圧倒的な個性がないと……僕は生まれてこのかた、何度『つまらない子』って言われたか」

爆発……オカモトタロウですか……。

「堅苦しくて、伸びやかさに欠けるとも言われた——その通りだからな実際。自覚はあるんだ。たとえば……王子沢みたいに……切れ者なのにすごく伸び伸びと自由な奴もいるだろ」

「王子沢？　あー。あいつは確かに自由そうだけど」

新しい煙草をベッドサイドの引き出しから取り出して、伊万里は口元を歪めた。

「正直、羨ましいよ。あんなに自由闊達《かったつ》で、でも仕事の手腕は侮《あなど》れない。いつのまにか全支社規模で独自の人脈を作ってる。押さえてるツボも的確だ」

「へー、あいつそんなにすごいの？」

けど、そのすごさをきちんと分析出来ている伊万里も、やっぱりすごいってことだろ？　おれなんか隣の席にいても、王子沢の手腕を把握してないもん。

「ああ。すごい。おまけに……」

伊万里はちょっと言い淀《よど》んで、煙草のセロファンを剥いていた手を止めた。

「おまけに、僕の恋人の親友になりつつある……」

親友――なのかな。

確かに入社以来、なんだかんだ言っても奴を一番信用してるし、一緒にいて楽しい。伊万里とはこういう関係になっちゃったから、友達っていう括《くく》りに入れるのは難しいし……ああ、そうすると、王子沢が友人としてはかなりの重要位置を占めのか。

「気がついてるか吾妻？　あいつはよくおまえを見ている」

「そら、隣だもん」

「そうじゃなくて。おまえが、よそを見ているときに――つまり絶対に目が合わないという条件の下に、おまえを見つめているんだ」

え？　そうなの？

いやー、でもそれ、伊万里の主観が入りすぎてんだろー。

「おれなんも感じないぞォ。おまえの思い込みってことない？」

「僕のカウントでは、ここ三ヶ月で三十七回だ。僕がカウント出来ない分のほうが多いと考えるのが妥当だから、百回やそこらは――吾妻は王子沢に凝視されている」

うわ、数的根拠出してきたよー。

「それはさ、おれがしょっちゅうポカかましてるから、呆れて見てんじゃねぇの？」

「そういう視線とは違うように見えるんだ、僕には。王子沢はゲイには思えないんだが、それでもつい、勘ぐってしまう——ああ、こういうのはうっとおしいな。すまない」

あらら。べつに、謝らなくてもいいけど。おまえ、背中にぺったりと心配クンが貼りついているぞ。なんかこういう伊万里って。へへ。カワイーかも。

「妬《や》くなよ」

「妬くよ」

当然だろ、という口調だった。はいはい、蠍座《さそり》だもんな。

「いつからそんなに心配性になったのよおまえ。あれだよ。おれは、その、あの…………」

「うん？」

せっかく開封した煙草を、また伊万里はベッドサイドテーブルに置いた。ベッドに手をついて、おれの顔を覗き込む。

鼻と鼻が触れそうな、親密な者同士だけの距離。あっ、おれってば鼻テカってねーかな。

「その、あれだ。お……おれは、今、伊万里だけなんだからさ……」

うぐ。痒《かゆ》いセリフだぜ。わかってんだよ自分で！

「——ああ。そうだな」

けど、いくら痒くても、いい。

伊万里がこんな柔らかい顔になってくれんなら、おれも嬉しい。十回に一回くらいは、照れくさい気持ちよりも、素直なクサイ告白を優先させたっていいじゃん。ベタに甘いのって、やっぱりこういう関係の醍醐《だいご》味でもあるわけでしょ。

「それにさ。まあ、おまえの家族とは会ったことないからアレだけど、伊万里だって、充分に個性的だと思うぞ」

っていうか、それ以上個性的だったら、おれはつきあっていけるのだろーか？　今だって会社でも目立ちまくってるじゃんか、おまえ。

「そうか？　うん――吾妻がそう言ってくれるなら、それでいい」

そう言って、再びシーツの中に戻ってくる。身体が少し冷えてて、温度差が心地よい。伊万里が両腕を開いて、おれはもぞもぞとそこに移動する。

裸の胸に頬を当ててた。心臓の歌が聞こえる。伊万里がおれの頭にキスしてる。

「吾妻、今日どうする。どこかでかけるか？」

「んー。でも天気は？」

「雨の音はしないようだけど」

「雨でいいよ。きっと降ってるよ。だから外に出たくない」

ふふ、と伊万里が笑ったのが身体の振動でわかる。

脚を絡め合って、ふたりもっと寄り添おうと試みる。ぴったりと、くっつきあっていたい。どこまでが自分で、どこからが伊万里なのかわかんなくなるほどに。

「そうだな。きっと雨が降っている。土砂降りだ」

甘い恋人の声。肋骨《ろっこつ》の伝えるビブラート。

「伊万里、おまえが喋るとなんか気持ちいい……そうだ、歌、うたって」

「歌？」

「うん――雨の歌とかがいいな。歌ってくれよ」

しばらく考えていた伊万里は、ちゃんとおれのリクエストに応えてくれた。嬉しかった。

「雨の歌……ねぇ……」

嬉しかった、けどさ。

けど、なんだって八代亜紀なんだろうか………。

しかも伊万里は、音痴だった。

調子の外れた伊万里の歌を聴きながら、少しだけ会社のことなんかを思い出して、でもすぐにやめて、おれはゆっくりと目を閉じる。視覚を遮断して、耳と、肌と、匂いで伊万里の存在を感じ取る。伊万里がいる。ここに、いる。

やがて、どうやら自覚のない音痴くんが
「二番も歌うか？」
と聞いてきた。
いや、気持ちはありがたいんだけど、それはちょっと遠慮しよっかなーなんて……。
おれは胸に当てていた顔を離して、伊万里のくちびるを探す。
演歌を封じ込める時にも、キスは役に立つんだよ。

POSTSCRIPT

YUURI EDA

八重桜がポコポコ咲いています。濃いピンクが愛らしいです。私がこのあとがきを書いている今は春なわけですが、本が出る頃にはもう梅雨時ですね。ああ、日本の四季。

で、レイニーシーズン。そのまんまやんけ。いえいえ、シンプルが一番だと思う榎田《えだ》尤利《ゆうり》です。

みなさん、お元気でしたか？

おかげさまで、吾妻と伊万里のシリーズ（略称アヅマリ）の2作目が書くことが出来ました。今回もとても楽しくお仕事いたしました。続編希望のお手紙をくださったみなさま、本当にありがとうございます。

続編と申しましても、物語は独立していますので、この一冊だけでも楽しんでいただけると思います。吾妻と伊万里のなれそめだとか、初キスだとか、初セックスだとか、そういうあたりが気になる方は「ソリッド・ラヴ」

nudemouse URL http://kt.sakura.ne.jp/%7Eeda/nudemouse
nudemouse：榎田尤利公式サイト

をお手にとってくださいませ。

なに、最寄りの書店にない？　ちゅ、注文とかしてみてはどうでしょうか。

その際、どうも私の筆名は読みにくいらしいので、店員さんに渡すメモにはフリガナを入れてあげると親切です。でないと「えのきだ・もっとり」とか「えだ・いぬり」とか、とても面白い読み方をされてしまいます。

さて今回の【作者の思うとおりに動かなかったキャラ大賞】は王子沢くんでした。あんた主人公でもないくせに随分と出ずっぱりじゃあないの。パフォーマンス派手だし。イラストの高橋悠さんが「王子沢は描きやすい〜」と言ってくれてるからって…(笑)

悠さん、今回もキュートな絵をありがとうございました。キュートなのにセクシーなのがたまりません。えっちなんだからもォ。

そして編集担当のU宮さん、いつも的確なご助言と励まし、ありがとうございます。アイスクリームのシーンがお気に入りの様子ですが、どうぞ実践してみてください。これから夏だし、ちょうどいいやね。

更に読者の皆々様、いくら感謝の言葉を述べても足りません。アヅマリ、また続く予定です。そちらの執筆に、皆様への感謝と愛を込めて頑張ります。よろしければ今回の物語へのご感想・ご意見をお寄せ下さい。謹んで参考にさせていただきます。

本当に、ありがとうございました。

近いうちにまた、お会いいたしましょう。

2001年・陽春　榎田尤利　拝

吾妻&伊万里
レイニー・シーズン

SHY NOVELS50

榎田尤利 著

YUURI EDA

ファンレターの宛先

〒102-0073 東京都千代田区九段北4-3-10トリビル2F
大洋図書市ヶ谷編集局第三編集局SHY NOVELS
「榎田尤利先生」「高橋 悠先生」係

皆様のお便りをお待ちしております。

初版第一刷2001年6月21日
第二刷2004年1月22日

発行者	山田章博
発行所	株式会社大洋図書
	〒162-8614 東京都新宿区天神町66-14-2大洋ビル
	電話03-5228-2881(代表)
	〒102-0073 東京都千代田区九段北4-3-10トリビル2F
	電話03-3556-1352(編集)
イラスト	高橋 悠
デザイン	吉田薫&井川佳枝（atelier Village）
印刷	小宮山印刷株式会社
製本	有限会社野々山製本所

ISBN4-8130-0857-7

SHY NOVELS
好評発売中

ソリッド・ラヴ

榎田尤利

「選択肢はみっつある。逃げるか、受け入れるか、試してみるか」顔よし、頭よし、性格悪しのパーフェクト男、伊万里敦彦は同じ男でもつい目で追ってしまうほど、いい男だ。そんな伊万里から告白された吾妻。ホモじゃないはずなのに、伊万里に触られるのは気持ちがよくって、もっと近くに伊万里を感じたくなる。そんな時、ふたりの気持ちがすれ違い…!! 吾妻、伊万里を翻弄する!?

ひとめ惚れって信じてる?

画・高橋悠

SHY NOVELS
好評発売中

逃がさない
渡海奈穂

「嫌いなの。目障りなの。傷つけたいの」森島が密かに思っているのは悪友・永作は、見た目もよくてスポーツもできるけど、性格は傲慢で女たらしの最悪な男だ！　そばにいたら面倒ばかりだとわかっていても、森島は永作から離れられない。そんなある日、森島は永作が自分の気持ちを知ったうえで、弄んでいると知り、永作から離れる決心をする。そんな森島に永作は初めて苛立ちを見せ…!?

俺のことが
好きなんだろ?

おまえのものに
なってやるよ！

画・高星麻子

好評既刊

愛があるから大丈夫 画・菅原 竜 愛してるっていわない 画・門地かおり
これできみと同じ夏 いじめてみたい 画・門地かおり
いつも上天気 恋のハイテンション 恋のたくらみ 画・松平 徹

SHY NOVELS NEWS

近日発売のSHY NOVELS♡

※確実に手にいれたい方は、書店にご予約をお願いいたします。

このイラストは実際のイラストとは異なります。画・石原理

君を抱くまなざし

たけうちりうと

真南大学の研究助手・一之瀬大河はある海洋遺跡の現地調査のため、沖縄を訪れた。そこで出逢ったのは無骨だが男気にあふれた男・司馬北斗、北斗の悪友であり中央のエリート官僚・堂島忠相。遺跡の保存と工事を巡り対立する大河と北斗。そして卑怯な手段で大河を弄ぶ堂島。南の島を舞台に恋と仕事と男の意地をかけた自信作登場！

恋愛感情保存の法則(仮) 秋津京子

画・桃季さえ

「じゃあ、特別な関係になってみる？」家族とうまくいかず、家を飛び出した雅人を拾ってくれたのは美貌のゲイバーのオーナー匡だった。愛に飢えていた雅人は匡の優しさに惹かれ始める。だが、匡の優しさが皆に平等な優しさであることに傷つき…!?

恋愛☆ゲーム(仮) 小笠原あやの

画・明神 翼

どういうわけだか、人気ギタリスト市丸一矢と体を賭けてゲームすることになった大学生の麻夏。だけど、この勝負、負けたら相手のいうままにならなくてはならない！　一矢に振り回される麻夏だったが、いつしか一矢に本気の自分に気がついて!?